Gerd Lorenz · Der Spieler

Dieses Buch ist der dritte Teil der Trilogie »Zerstörte Seelen«. Es beinhaltet eine in sich abgeschlossene
Handlung. Trotzdem tauchen Figuren aus den ersten
beiden Teilen »Der Kannibale« und »Der Spieler« hier
wieder auf.

Gerd Lorenz

Der Spieler
Im Sog des Geldes

Kriminalroman

Bibliografische Information der Deutschen Nationalbibliothek:
Die Deutsche Nationalbibliothek verzeichnet diese Publikation in der
Deutschen Nationalbibliografie; detaillierte bibliografische Daten
sind im Internet über
< http://dnb.d-nb.de > abrufbar.

© 2007 Gerd Lorenz
Satz und Layout: Buch&media GmbH, München
Umschlaggestaltung: Rainer Neugebauer, Gadebusch
Herstellung und Verlag: Books on Demand GmbH, Norderstedt
Printed in Germany
ISBN 978-3-8334-6628-1

Bei geöffneten Fenstern konnte man das Rauschen des Meeres hören, das Kreischen der Möwen und natürlich den Verkehr, der direkt vor dem Kasino auf der Hauptstraße verlief. Nun aber, da die großen getönten Thermofenster geschlossen waren, hörte man nur das geschäftige Treiben an den Tischen. Wenn man überhaupt von geschäftigem Treiben reden konnte.

Dicke Teppiche dämpften die Schritte, mit Stoff bezogene Tische schluckten jeden Laut fallender Würfel und selbst die Champagner- und Whiskygläser wurden auf den Glastischchen auf Filzuntersetzern abgestellt. Was man hörte, war der Lauf der Kugel, dieses Rattern auf dem Holz, von Fach zu Fach, Runde um Runde. Verstummte das Rattern, hatte man Gewissheit, wusste man, ob man verloren hatte oder gewonnen. Dann war auch ein Raunen zu hören. So oder so.

Hörte man genau hin, vernahm man leise Musik, das Klappern an der Bar und die Anweisungen der Croupiers. Das »Rien ne va plus«. Dann ging wirklich nichts mehr. Kein Korrigieren, kein erneutes Umsetzen, kein Bessermachen.

Das wollte der Mann auch nicht. Die Herumstehenden hatten das Gefühl, dass er das Glück gepachtet hätte und als *wüsste* er, dass er richtig gesetzt hatte. Rot. Erneut hatte er auf Rot gesetzt. Zwanzigtausend Euro, die Stapel mit den Jetons hübsch akkurat aufgestellt. Während die Blicke der Damen und Herren aufgeregt der Kugel folgten, hatte er sich zurückgelehnt und wartete nun in aller Ruhe auf das Ergebnis.

Die Kugel schien sich entschieden zu haben und lag für den Bruchteil einer Sekunde in einem Fach. Schwarz. Verloren! Zwanzigtausend Euro verloren! Wahnsinn!

Doch wie von Geisterhand neu ins Rennen geschickt, bewegte sich die Kugel noch einmal und hüpfte weiter. Ein, zwei, drei Fächer weiter. Rot. Rot! ROT! Die Rotation des Roulettes ließ nach und so konnte die Kugel nicht mehr weiterspringen. Rot. Wieder Rot! Das gibt es doch gar nicht. GEWONNEN! Der Typ hat schon wieder gewonnen und aus seinen Zwanzigtausend Vierzigtausend gemacht! Ein Stöhnen ging um den Tisch, dann lauter werdendes Murmeln, schließlich Beifall und Schulterklopfen.

Der Croupier schob ihm mit der Stange den Stapel zu. Der Mann entnahm ihm einige Chips und warf sie lässig auf den Tisch.

»Fürs Personal«, sagte er und stand auf. Er nahm die Plastikscheiben und ging zur Kasse. »Tut mir leid, Herr Schmitt, das nächste Mal lass ich Sie wieder gewinnen.«

Herr Schmitt, der Kassierer, lächelte. »Keine Ursache, Herr Torino, wir haben den Gewinn für heute bereits drin. Cash?«

»Ja, gerne. Wie immer. In großen Scheinen.«

Der Mann hinter der Scheibe an der Kasse zählte dem Gewinner geschäftsmäßig und ohne Emotion die Summe vor und ließ sich den Erhalt quittieren. »Darf es noch etwas an der Bar sein?«, fragte er dann. »Geht selbstverständlich aufs Haus!«

»Danke, aber für heute mache ich Feierabend. Es war ein anstrengender Tag. Gute Nacht, Herr Schmitt!«

»Gute Nacht, Herr Torino. Ach ja, benötigen Sie einen Sicherheitsdienst?«

»Die fünf Schritte bis zum Hotel werde ich wohl unbehelligt gehen können. Es ist ja nicht das erste Mal. Aber okay. Es kann jemand mit hinauskommen und mir bis zum Hotel nachschauen, wenn es Sie beruhigt!« Damiano Torino drehte sich um und verließ das Kasino.

»Mir doch egal«, sagte Herr Schmitt, zuckte mit den Schultern und schaute wieder auf den Monitor.

Es waren tatsächlich nur wenige Schritte bis zum Hotel und Torino genoss sie in der frischen Nachtluft. Das Meer schlug seine Wellen mit lautem Getöse ans Ufer. Der Mond hatte sich zwar hinter den Wolken versteckt, aber trotzdem schimmerte es schwarzgrau. Die Schaumkronen, weiter hinten auf dem Meer noch stolze Wellenreiter, starben am Strand und hinterließen eine schmutzige Spur. Torino zog die Fliege von seinem Kragen, steckte sie in die Tasche und atmete tief durch. Gerne wäre er noch etwas am Meer spazieren gegangen, aber das Bündel Geld in seinem Smoking veranlasste ihn, sich direkt und ohne Umwege in sein Hotelzimmer zu begeben. Er logierte schon einige Tage lang hier im siebzehnten Stock und würde morgen abreisen, dann von Hamburg nach Baden-Baden fliegen. So hatte er es bisher immer gehalten: niemals länger als eine Woche an einem Ort spielen! Rein, gewinnen, raus. Das war sein Rezept. Nur nicht greifbar sein. Nur nicht durchschaubar, nur nicht berechenbar sein – und nur nicht auffindbar.

Er betrat das Hotel und ging an der Rezeption vorbei zu den Fahrstühlen. Er hatte seine Karte zum Öffnen der Zimmertür nicht abgegeben und so fuhr er direkt auf seine Etage. Dort angekommen, ging er den langen Korridor entlang zu seinem Zimmer und betrat es. Es war ein Hotelzimmer, wie man es von unzähligen Hotels her kennt. Ein kleiner Flur, von dem es in das Bad abging und in dem ein Einbauschrank stand. Geradeaus ging es in das Zimmer. Rechts standen das Doppelbett und die Schränkchen mit den Lampen darauf, gegenüber war eine Art Kommode mit der Minibar. Darauf stand der übliche Fernseher. Ein großer Wandspiegel, schwere Übergardinen, ein Bild mit einem Farbdruck – das war es auch schon.

Doch Torino hatte keinen Blick für die Ausstattung. Sie war ihm im Grunde genommen auch völlig egal. Er ging auf das Fenster zu, zog den schweren Vorhang zur Seite und sah hinaus. Das Meer war jetzt tiefschwarz und eigentlich konnte man es gar nicht erkennen. Nur die Lichter der Schiffe, die dort draußen vorbeifuhren oder ankerten, waren zu sehen. Aber auch das alles interessierte ihn nicht. Er dachte an den nächsten Abend, an das Kasino und das Geld, das er gewinnen würde, ja musste. Es waren einige Rechnungen aufgelaufen, Wechsel und Schuldscheine mussten bezahlt werden und die Autoverleihfirma hatte auch schon zwei Monatsraten angemahnt. Das musste geregelt werden! Es waren alles keine großen Summen für ihn, hier Fünftausend, da Zehntausend, alles überschaubare Zahlen – aber trotzdem! Okay, rechnete er, der Gewinn von heute wird geteilt. Zwanzig drück ich ab, und Zwanzig setze ich morgen. Wenn es gut läuft, vielleicht auch Dreißig. Dann kann ich auch Dreißigtausend wieder zurückzahlen. Das reicht erst einmal, und ich habe wieder Luft. Basel und Zürich warten. Da war ich schon ein halbes Jahr nicht mehr. Torino drehte sich um und setzte sich auf das Bett. Aus seiner Innentasche holte er das Geldbündel, und obwohl er wusste, dass die Summe stimmte, zählte er das Geld. Er liebte es, nahm jeden einzelnen Schein in die Hand und roch sogar daran. Neues Papier, druckfrisch, vierzigtausend Euro. Dann nahm er einen Fünfhunderter und steckte ihn in seine Brieftasche. Er wickelte die Geldbanderolen wieder um die Bündel und versteckte sie in seiner schmutzigen Wäsche im Schrank. Das war zwar nicht gerade ein originelles Versteck, aber er wollte nicht den Hotelsafe nutzen. Es ging niemanden etwas an, wie viel Geld er mit sich herumtrug. Und schon gar nicht, wie er es »verdiente«. Torino ging ins Bad, wusch sich die Hände, kämmte noch einmal sein pechschwarzes Haar, trug ein herbes Parfum auf und verließ, nach einem letzten prüfenden Blick, sein Zimmer. Er fuhr mit dem Lift in die »Skybar«, nur zwei Stockwerke über seinem Zimmer. Ein dezentes »Ping« zeigte ihm an, dass er angekommen war, und so verließ er den Aufzug und betrat die Bar. Es war Dienstag kurz vor Mitternacht und dementsprechend leer. Leise Musik drang aus den Lautsprechern. Der Barmann trocknete Gläser ab und sah erstaunt auf den Gast. Er hatte damit gerechnet, dass die letzten Gäste die Bar bald verlassen würden. Es war ein Pärchen, das schon lange nichts mehr bestellt hatte, nur noch tuschelte und gelegentlich kicherte.

»Guten Abend.« Torino hatte auf einem Hocker an der Bar Platz genommen.

»N'Abend«, erwiderte der Barmann den Gruß.

»Ich hätte gerne einen Wodka on the Rocks, bitte. Und ein Glas stilles Wasser.«

»Geht klar«, sagte der Barmann, füllte ein Glas mit Eiswürfeln und Wodka und stellte das Getränk auf den Tresen.

»Danke.«

»Bitte.«

Torino nahm den Drink, drehte sich auf dem Sitz um und sah in Richtung des Paares. »Nichts los hier, was?«, sagte er.

»Keine Saison«, antwortete der Barmann lustlos.

Torino drehte sich wieder zurück und sah ihn an. »Möchten Sie denn in der nächsten Saison an einem Bratwurststand draußen arbeiten?«

Der Barmann, der sofort wusste, woher der Wind wehte, änderte seine Körperhaltung und stotterte: »Ent … Entschuldigen Sie bitte! Aber die Arbeit macht mehr Spaß, wenn ordentlich Betrieb ist. Ich bin wirklich gerne hier. Nochmals, Entschuldigung. Was kann ich noch für Sie tun?«

Torino winkte ab. »Schon gut. Lassen Sie mal. Aber merken Sie sich: Wollen Sie das Geld eines anderen haben, müssen Sie freundlich sein. Egal, in welchem Job Sie arbeiten. Immer freundlich sein! Im Bösen geht das gar nicht! Das erzeugt nur Sturheit und Bockigkeit. So kommen Sie nie an Geld. Also: Lächeln, nett und freundlich sein, dann klappt das auch!« Er zeigte auf sein Glas. »Der Drink geht aufs Haus?«

»Selbstverständlich, der Herr.«

Damiano Torino lächelte. «Sehen Sie? So geht das.«

Am nächsten Morgen checkte Torino aus und fuhr mit seinem Leihwagen, einem Porsche, nach Hamburg zum Flughafen. Er hatte schon vor einigen Tagen einen Platz nach Stuttgart gebucht, und so lag am Schalter der Fluggesellschaft das Ticket für ihn zur Abholung bereit. Vorher hatte er das Auto bei der Vermietung abgegeben und die Rechnung in bar bezahlt. Seine Kreditkarten hatte er noch, aber er wusste, dass er sie im Augenblick nicht nutzen konnte. Erst musste er die Salden ausgleichen. Raus aus dem Minus und die Konten wieder auf null bringen, dachte er. So schnell wie möglich, am besten noch diese Woche, Donnerstag oder Freitag – dann hält der Banker still. Ich brauche nur ein bisschen Glück, und am Wochenende habe ich wieder Luft. Gut, dass der Porsche weg ist. Mit dem bin ich sowieso viel zu wenig gefahren. Das ist wie mit der Wohnung: Die habe ich auch nicht mehr gebraucht.

Er hatte sie schon vor einem drei viertel Jahr wieder verkauft, als es schlecht lief. Damals hatte er eine große Summe verloren und im Gegenzug seine Dachterrassenwohnung in München dem Gewinner der Pokerrunde angeboten. Sogar Bargeld hatte er noch als Wertausgleich bekommen, und so war er wieder flüssig. Also kein so schlechtes Geschäft, hatte er damals gedacht. Mit dem Pokern hielt er sich allerdings seitdem äußerst zurück. Das Spiel lag ihm nicht so, jedenfalls nicht mit Profispielern.

Nun saß er im Flieger und war guter Dinge. Eigentlich, bei Licht betrachtet sozusagen, ging es ihm gut. Er hatte wieder knapp achtunddreißigtausend Euro in der Tasche. Da hatte es weiß Gott schon andere Zeiten gegeben, in denen er mit viel weniger auskommen musste. Aber in Baden-Baden musste er jetzt unbedingt Geld machen. Torino wusste, dass er dort gewinnen würde. Und dann werden die Karten neu gemischt, dachte er mit einem Lächeln. Baden muss bluten und dann geht es in die Schweiz. Keine vier Wochen und ich bin wieder ganz oben!

Er sah der Stewardess hinterher. Ach ja, ging es ihm durch den Kopf, in ein Bordell muss ich auch mal wieder. Man soll nicht immer nur an Arbeit denken.

Der Sachbearbeiter einer großen deutschen Bank stand seinem Chef gegenüber und blätterte in der Akte. »Es sind auch in der letzten Woche keine Beträge von Herrn Torino eingegangen. Durch unsere Kartensperrung sind allerdings auch keine Beträge abgegangen. Zwei Mal wurde sie in letzter Zeit zu einer Zahlung eingesetzt, aber natürlich erfolglos. Auf unsere Anschreiben reagiert er nicht. Wie wollen wir weiter verfahren?«

»Wie ist denn der Kontostand?«

»Er lautet genau 56 387 Euro, minus natürlich.«

»Und wie hoch ist sein Kreditrahmen?« Möller, der Vorstand, sah über seine Brille.

»Vierzigtausend Euro.«

»Sicherheiten?«

Der Sachbearbeiter blätterte ein paar Seiten zurück. »Seine Wohnung in München-Schwabing. Die haben wir mal finanziert und wurde dann von ihm vorzeitig getilgt. Er ließ sie allerdings bei uns stehen, für einen Kredit von hunderttausend DM, damals.«

»Zwischendurch Zahlungseingänge?«

»Unregelmäßig. Allerdings Beträge zwischen fünf- und zwanzigtausend Euro. Wie eine Achterbahn.«

»Na also, Lehmann, warum die Aufregung? Sehen Sie, der Mann ist Geschäftsmann. Die Zeiten sind unruhig geworden. Da ist nichts mehr mit kontinuierlichen Einnahmen. Da muss man auf den Markt reagieren. Sechsundfünfzigtausend Euro im Minus? Lehmann! Ich bitte Sie – davon leben wir. Und zwar nicht schlecht! Von mir aus kann Herr Torino Sechshundertfünfzigtausend im Minus bei uns sein. Das sind doch alles Peanuts. Er zahlt doch zurück, nicht wahr? Und denken Sie an die Sicherheit: Schwabing! Wissen Sie, was eine Wohnung dort zurzeit wert ist?! Da gibt es eine Wertsteigerung von zweiundzwanzig

Prozent und bei Häusern sogar fünfundzwanzig Prozent. Also: Wir erhöhen seinen Rahmen um weitere zehntausend Euro und geben die Karten ab sofort wieder frei. Teilen Sie ihm dies bitte schriftlich mit. Das ist alles. Ach ja, und bringen Sie mir bitte einen Kaffee.«

Das »Pussy Rouge« in Baden-Baden liegt im noblen Bahnhofsviertel. Die Zeiten, in denen Bahnhöfe etwas Schmuddeliges an sich hatten, sind gerade in den größeren Städten längst vorbei. Vielmehr entwickelten sich die Straßen in unmittelbarer Bahnhofsnähe in den letzten Jahren zu Magneten der größten Modemacher und Designer. Hier haben sich bekannte und internationale Juweliere niedergelassen, Handelsagenturen von Im- und Exportfirmen, ja selbst Anwaltskanzleien und sogar Banken. Und eben auch das »Pussy Rouge«. Dort saß Torino jetzt, nachdem er in Stuttgart gelandet und mit einem Leihwagen in sein Hotel gefahren war. Er hatte geduscht, sich umgezogen und im Restaurant zu Abend gegessen. Dann hatte er ein Taxi genommen und sich, froh gelaunt und mit einer gewissen Spannung, in das Edelbordell fahren lassen. Er bestellte gerade einen Drink, als eine Dame auf dem Barhocker neben ihm Platz nahm.

»Guten Abend, darf ich mich zu Ihnen setzen?« Ohne eine Antwort abzuwarten, schob sich die Frau elegant auf den Sitz.

Torino wandte sich ihr zu und sah sie an. »Guten Abend – ja gerne, bitte schön!« Er musterte sie mit einem Blick, und erkannte sofort ihre außergewöhnliche Ausstrahlung. Sie war ein eurasischer Typ, also eine Mischung aus Europäerin und Asiatin. Ihre dunklen Mandelaugen zogen ihn an, und er entschied sich sofort für sie.

»Darf ich Ihnen einen Drink bestellen?«, fragte er und wusste die Antwort natürlich im Voraus. Aber er liebte diese Spielchen.

»Oh, gern. Wenn es recht ist – einen Piccolo?« Sie sah ihn kokett an.

»Gute Idee«, antwortet er mit einem Nicken und nahm seinen gerade servierten Whisky in die Hand. Dann drehte er sich wieder zurück zur Bar. »Eine Flasche Champagner bitte, die Magnum. Und zwei Gläser.« Er bemerkte den kurzen Blick zwischen der Bardame und seiner neuen Begleitung und fühlte sich noch besser. Er wusste nicht, was die Flasche hier kostete, und es interessierte ihn auch nicht, aber er wusste um die Wirkung einer solchen Bestellung. Alles wurde noch freundlicher um ihn herum, und die Frau neben ihm nahm die Bestellung nicht als selbstverständlich hin.

»He, wer sind Sie denn?«, fragte sie erstaunt und legte ihre Hand auf seinen Arm. »Haben Sie etwas zu feiern?«

Torino kniff die Augen zusammen und lächelte verschmitzt. »Das ist genau richtig formuliert: Ich habe etwas zu feiern! Ich habe erfolgreich ein Geschäft abgeschlossen und möchte mich nun entspannen. Und da ich in dieser Stadt niemanden kenne, bin ich hier.«

Er sah sich um. Edle Hölzer und schwarzer Marmor waren hier verarbeitet worden. Schwere Teppiche lagen auf dunkelroten Fliesen. Die Tische waren zum Teil besetzt, und die Damen arbeiteten eher dezent als provozierend. Das gefiel ihm. Wieder sahen sie sich an, als der Champagner serviert wurde.

»Ich heiße Stefania«, sagte die Frau, »wollen wir uns an einen der Tische setzen?«

»Okay, setzen wir uns in die Ecke dort.« Er zeigte mit dem Whisky in der Hand auf den Tisch. Die Dame hinter der Bar hatte das Gespräch mitgehört und wies eines der Mädchen an, die Bestellung an den ausgewählten Platz zu bringen.

Stefania ging voran, und Torino folgte ihr nach zwei Schritten. Dabei tastete er mit seinen Blicken ihre Figur ab und fand, dass er eine exzellente Wahl getroffen hatte. Im Gehen trank er das Glas leer und stellte es dem zurückkommenden Mädchen aufs Tablett. Am Tisch angekommen, setzte sich Stefania auf die Ledercouch und klopfte mit ihrer Hand auf den freien Platz neben sich. Torino nahm die Einladung gerne an und setzte sich daneben.

»Darf ich einschenken?«, fragte sie.

»Immer drauf zu«, antwortete er amüsiert und beobachtete, wie sie sich mit der riesigen Flasche abmühte und der Inhalt sich über den Gläserrand ergoss.

»Oops«, kicherte sie, »da ist ja ordentlich Dampf drauf! Schlimm?« Ihre Pupillen verdunkelten sich, als sie in seine Augen sah.

Torino lehnte sich entspannt zurück. »Mach mal,

Steffi, deswegen bin ich doch hier – lass ruhig den Dampf ab.«

Drei Stunden später lagen sie nebeneinander im Bett und sahen dem Rauch nach, der aus ihren Zigaretten an die Decke zog. Ihre Körper kamen erst langsam wieder zur Ruhe und ihre Herzen wollten sich schier überschlagen.

»Du bist echt ein Phänomen«, sagte sie nach einiger Zeit. »Bist du Italiener?«

»Nein, ich bin Deutscher. Ich wurde in Heidelberg geboren, also ganz in der Nähe. Aber mein Vater war Italiener – daher mein Name und … wahrscheinlich mein Talent.«

»Und was machst du so? Ich meine arbeitsmäßig? Du hast vorhin von einem Geschäftsabschluss gesprochen.«

»Ich bin im Finanzwesen beschäftigt«, sagte er und es kam ihm leicht über die Lippen. Zu oft hatte er schon auf eine Frage nach seiner Tätigkeit antworten müssen.

»Finanzamt?«, fragte sie alarmiert.

»Gotteswillen, nein! Ich bewege Geld, verstehst du? Einnahmen, Ausgaben, Transaktionen eben.«

»Und da hast du heute viel Geld verdient?«

Er drehte den Kopf zu ihr und sah sie an. »Nicht ganz. Aber ich werde es morgen verdienen. Morgen ist der Tag des Kassierens.«

»Viel Geld?«

Er sah zurück an die Decke. »Davon gehe ich aus.

Das liegt an mir! *Ich* bestimme, wie viel ich verdiene!«

»Toll! Echt toll! Und wie ist es? Kommst du morgen wieder hierher?«

Er drehte sich wieder auf die Seite und streichelte ihre Brust. »Willst du nicht lieber in mein Hotel kommen? Das ist ein Spitzenclub hier, aber eben doch nur ein Puff! Komm zu mir ins Hotel, ja?«

Sie war weit entfernt davon, beleidigt zu sein. »Wie denkst du dir das? Ich habe hier meinen Job zu machen. Auch ich bestimme, wie viel ich verdiene! So gesehen sind wir uns sehr ähnlich.«

»Steffi, es geht nicht um die Bezahlung. Es geht um die Atmosphäre! Es ist privater bei mir im Hotel, verstehst du mich? Wir könnten etwas essen gehen und machen es uns dann bei mir gemütlich.«

»Na, wenn das so ist, kein Problem. Ich mache auch Hausbesuche.«

Die Nüchternheit, mit der sie sprach, ließ ihn aufhorchen und sie störte ihn ein wenig. Aber er wollte ihre Begleitung. Er rechnete. Noch ein, zwei Mal und sie würde kein Geld mehr von ihm verlangen für ihre Dienste. Sie konnte gerne weiter anschaffen gehen – kein Problem. Aber von ihm würde es nur noch gelegentlich ein kleines Geschenk geben. Er wollte sie beeindrucken und für sich gewinnen.

»Schenk noch mal die Gläser voll«, bat er sie.

Sie hatten die halb volle Magnum mit aufs Zimmer genommen und Stefania stand auf, um seiner Bitte nachzukommen. Wieder beobachtete er genüsslich ihren makellosen nackten Körper. Mit den gefüllten Gläsern kam sie zurück ins Bett und reichte ihm eins.

»Wenn's jetzt auch kitschig klingt, Steffi, in dich könnte ich mich glatt verlieben. Ich weiß, so etwas hast du schon oft gehört, aber ich will es dir auch gesagt haben.«

»Du bist süß. Klar habe ich es schon oft gehört, aber davon kann man ja wohl nicht genug bekommen, oder?«

»Bist du denn in festen Händen?«

»Fürs erste Mal bist du ziemlich neugierig! Eigentlich geht dich das gar nichts an, findest du nicht auch?«

»Komm, sag schon!«, forderte er sie erneut auf.

»Okay, also gut … ich bin frei. Nicht unbedingt alleinstehend, aber frei. Zufrieden?«

»Sehr! Da kann ich mir ja noch Hoffnungen machen! Zum Wohl, schön, dass ich dich kennengelernt habe.«

Sie tranken. Torino nahm das Glas aus ihrer Hand und stellte es neben seins auf das Tischchen neben dem Bett. Dann beugte sich erneut über sie.

»Rien ne va plus – nichts geht mehr.«

Die Kugel lief ihre Runden und wollte sich noch nicht entscheiden. Sie sprang von Zahl zu Zahl, um plötzlich doch liegen zu bleiben. Ja! Torino durchzuckte es kurz. Ja! Scheinbar ohne Nerven, ganz cool saß er am Tisch, während die Umherstehenden sich ihre Kommentare zuflüsterten: Wer bei einem solch hohen Einsatz seine Jetons dermaßen ruhig setzte, um dann entspannt den Lauf der Kugel zu verfolgen, konnte nur jemand sein, dem es auf Geld nicht ankam.

In Torino allerdings sah es ganz anders aus. Er fieberte dem Verlauf des Spieles entgegen, nur zeigte er es nicht. In all den Jahren, in denen er jetzt schon am Roulettetisch spielte, hatte er gelernt, sich im Griff zu haben und keine Emotionen zu zeigen. Innerlich jedoch könnte er zerspringen, könnte er schreien vor Anspannung. Doch jegliche Reaktion würde ihn bei seinen Mitspielern verraten – und vor allem bei seinen Gegenspielern.

Der Stapel gewonnener Chips wurde zu ihm geschoben. Gewonnen! Wieder einmal gewonnen. Noch ein, zwei Spiele, dachte er, und ich bin durch. Dann habe ich rund Achtzigtausend gemacht, und das sollte für heute nun wirklich genügen!

Er setzte erneut seine Jetons auf die Farben und Zahlen vor ihm. Einmal nur noch! Nur noch einmal gewinnen und ich bin aus dem Schneider, dachte er. Und heute Abend kommt Steffi. Ich werde mit ihr zum Juwelier gehen und ihr ein schönes Geschenk kaufen. Genau! Und dann gehen wir essen, trinken etwas und gehen zu mir ins Hotel. Ich werde Champagner bestellen und ihr meine Liebe zu ihr gestehen. Ich werde sie erst einmal für mich gewinnen und dann wollen wir sehen, wie es sich weiterentwickelt.

Während er so dachte und den Abend plante, vergaß er für einen Augenblick das Spiel. Erst als das Rattern verstummte und der Croupier die Zahl wie zur Bestätigung ansagte, wurde Torino bewusst, dass nichts mehr ging. Das Spiel war gelaufen. Er sah auf die sich langsamer drehende Scheibe und die ruhende Kugel. Er sah sie liegen, aber er wollte nicht glauben, dass dies nicht seine Zahl war und er alles nur träumte. Erst die immer lauter werdenden Zuschauer und Mitspieler holten ihn in die Realität zurück. Ihre Reaktionen, ihr Raunen und lautes Stöhnen drangen in sein Bewusstsein ein und er spürte sie nahezu körperlich. Als würde ein Felsbrocken auf seinem Körper liegen, spürte er plötzlich die Last des Verlierens. Verloren! Das war es. Er hatte verloren! VERLOREN! Alles verloren. Nichts mit achtzigtausend Euro. Nichts mit schuldenfrei. Nichts mit Steffi. Er krallte sich an den Stuhl, auf dem er saß. Sein Oberkörper richtete sich steil auf.

Sicher, er kannte dieses Gefühl. Zu oft hatte er schon ein Spiel und damit Geld verloren, aber das hier konnte jetzt nicht wahr sein! Gerade jetzt, wo doch alles so gut lief, wo er wieder begann, Boden unter den Füßen zu bekommen!

Torino brach zusammen. Er konnte die oft zur Schau gestellte Gleichgültigkeit nicht aufrechterhalten und sank auf seinem Stuhl in sich zusammen. Schweißperlen bildeten sich im Nu auf seiner Stirn und seine Zunge lag wie ein Stück Leder in seinem ausgetrockneten Mund. Dann setzte das Zittern ein. Erst langsam und dann immer schneller wurde sein Körper durchgeschüttelt.

»Ist Ihnen nicht gut?«, fragte der Croupier.

Torino reagierte nicht.

Der Mann fasste ihn an die Schulter. »He, Mann, was ist mit Ihnen?« Er drehte sich um. »Freddi, ruf einen Arzt! Mir ist hier einer umgekippt! Kreislaufkollaps wahrscheinlich!« Er wandte sich wieder Torino zu. Ein Blick in dessen Augen erschreckte ihn. Der wird mir hier doch nicht schlappmachen, dachte er. »Wasser! Bitte holt mir mal jemand ein Glas Wasser!«

In diesem Augenblick reichte ihm auch schon einer der anderen Tischgäste ein volles Glas. Torino bekam nicht mit, was sich um ihn herum abspielte, und reagierte nicht. Also hielt ihm der Spielleiter das Glas an die Lippen und flößte das Nass in den Mund. Dabei lief das Wasser zum Teil die Mundwinkel hinab und tropfte auf den Hemdkragen. Aber das war egal. Es war wohl ein natürlicher Reflex, der Torino bewegte, zu trinken. Er schluckte das Wasser, und augenblicklich fühlte er sich besser. Im Saal war man auf den Vorfall aufmerksam geworden, die Besucher sammelten sich um den Tisch.

»Ist vielleicht ein Arzt unter Ihnen?«, versuchte es der Croupier erneut.

Die Umherstehenden sahen sich gegenseitig an, aber alle schüttelten den Kopf.

»Was ist denn passiert?«, fragte einer.

»Keine Ahnung, ich bin auch eben erst hinzugekommen.«

»Der hat verloren.«

»Na und? Hab ich auch schon.«

»Aber der hat alles verloren – jedenfalls alles, was er gesetzt hatte.«

»Viel?«

»Ich weiß auch nicht so genau – Vierzigtausend oder so. Vielleicht auch Sechzigtausend, keine Ahnung.«

»Sechzigtausend?! Total bescheuert, so eine Summe zu setzen!«

»Es lief aber super für ihn. Jedes Spiel hat er gewonnen!«

»Da war er wohl zu gierig! Hätte eben früher aufhören sollen. Anfänger! Das passiert mir nicht. Ich weiß, wann ich aufhören muss. Da hab ich mein Limit, und dann ist Schluss.«

Inzwischen war der Notarzt eingetroffen und beugte sich über Torino. Er sprach ihn an und sah mit einer kleinen Lampe in seine Pupillen. Dann ordnete er den Sanitätern die Einweisung ins städtische Krankenhaus an. Widerstandslos ließ sich Torino auf die Trage legen, festschnallen und abtransportieren. Die verbliebenen Spieler gingen auseinander und setzten sich an ihre Tische, um weiter zu zocken, zu pokern, immer auf einen Gewinn hoffend. Der Zusammenbruch eben interessierte sie nicht weiter und schon gar nicht der Verlust des Geldes. Was soll's, dachten sie. Das muss jeder mit sich selbst abmachen. Wer nicht stark genug ist aufzuhören, wenn es an der Zeit ist, hat eben Pech gehabt. So einfach ist das! Kann mir nicht passieren!

Das geschäftige Treiben nahm seinen Lauf, und wieder drehten sich die Kugeln. Wieder wurden die Karten neu gemischt und wieder klimperten Geldstücke in den Automaten. Rien ne va plus. Nichts geht mehr. Sekt oder Selters? Das war hier nicht die Frage. Natürlich Sekt!

Am nächsten Tag ging es Torino wesentlich besser. Man hatte ihm kreislaufstabilisierende Mittel verabreicht und nachdem er sich ausgeschlafen hatte, kehrten auch die Erinnerungen an die vergangenen Ereignisse zurück. Voller Verzweiflung lag er nun in seinem Bett und stierte an die Decke seines Einzelzimmers. Das Bewusstsein, nun alles verloren zu haben, versetzte ihn in Panik.

Wie soll ich mich jemals wieder von diesem Verlust erholen? fragte er ich. Wenn ich nicht schleunigst hier und da Kohle abdrücke, kann ich mich warm anziehen. Aber woher nehmen? Dabei sah es doch super aus! Mensch, was hatte ich für eine Glückssträhne!

Das Spiel lief noch einmal vor seinen Augen ab. Es war wie im Rausch. Die Türme aus Jetons wuchsen immer höher, bis sie wieder kleiner wurden, allerdings hatten sie da ihre Farbe gewechselt. Fünfhunderter, die er auch setzte. Immer wieder. Bis er nur für einen Augenblick an Steffi dachte. Kurz abgelenkt, hatte er den magischen Kontakt zur Kugel verloren. Als wäre es eifersüchtig, hatte das runde Elfenbein ihn verraten.

Torino stöhnte, und seine Hände krallten sich in den Stoff seiner Bettdecke. Verraten. Genauso kam er sich jetzt vor. Verkauft und verraten! Aber er war auch ein kühler Rechner. Okay, sagte er sich als er sich etwas beruhigt hatte. Das ist nicht das erste Mal. Auch wenn es mich gerade jetzt besonders schmerzt – cool bleiben und nachdenken. Die Weichen stellen für die nächsten Schritte, um an Geld zu kommen. Und wieder fiel ihm Stefania ein. Sie war die einzige Person, die er hier in der Gegend persönlich kannte. Zu ihr musste er. Morgen, gleich nach der Entlassung, rufe ich sie an, nahm er sich vor.

Ihm war etwas eingefallen. Zuerst war es nur so ein Gedanke, aber jetzt entwickelte sich die Idee, und Torino entspannte sich. Steffi, mein Goldschatz, du wirst mir helfen.

Am darauffolgenden Tag, nach der Visite, wurde Torino entlassen. Es war kurz nach elf Uhr, als ein Taxi ihn in sein Hotel brachte. In seinem Zimmer angekommen, rief er sofort bei Stefania an. Ungeduldig lauschte er in den Hörer und vernahm das Tuten auf der anderen Seite. Aber Steffi ging nicht ran. Ärgerlich warf er sein Handy auf das Bett. Verdammt, die pennt wahrscheinlich noch, dachte er. Hat die ganze Nacht durchgevögelt und ist jetzt knülle. Wenn ich schon mal jemanden brauche … Mist.

Er nahm das Telefon erneut in die Hand und drückte auf die Wahlwiederholung. Dieses Mal ließ er die Verbindung länger stehen und nach gut drei Minuten nahm Steffi das Gespräch an.

»Ja?«, klang es verschlafen aus dem Hörer.

»Hallo Steffi, Süße! Störe ich?«

»Wer ist denn da?«

»Damiano. Wie geht es dir? Ich muss dich sehen!«

»Bist du verrückt? Hast du mal auf die Uhr geschaut? Ich schlafe noch!« Steffi war ungehalten.

»Aber Liebes, heute ist ein schöner Tag, lass uns etwas unternehmen!«

»Spinnst du jetzt oder was? Wenn du etwas von mir willst, komm heute Abend in die Bar! Jetzt habe ich Feierabend, du Spinner.« Sie legte auf und war böse. Blödmann, dachte sie und legte sich wieder hin.

Torino war verärgert. Wie redet die Tussi denn mit mir? Was bildet die sich denn ein? Erst meinen Champagner saufen und dann rumzicken! Aber er wusste, dass er nett sein musste zu ihr, sollte sein Plan aufgehen. Er brauchte sie. Steffi konnte die Lösung für seine Probleme sein, ja musste. So eine Hure wie sie hat sicherlich mit der Zeit einiges Geld angespart, spekulierte er. Da muss ich ran. Vorübergehend natürlich. Sie kriegt alles wieder, mit Zinsen! Ehrlich!

Am Abend fing er Steffi vor dem »Pussy Rouge« ab. Er hatte sich mit seinem Wagen vor die Bar gestellt und nervös auf ihre Ankunft gewartet. Vorher hatte er allerdings mehrmals versucht, sie auf ihrem Handy zu erreichen. Aber sie ging nicht ran. Torino trommelte unablässig mit seinen Fingern auf dem Lenkrad herum und schaute alle Augenblicke in die Seitenspiegel. Das Warten empfand er als Erniedrigung, und hätte er auch nur eine andere Möglichkeit gesehen, woanders kurzfristig zu Geld zu kommen, er hätte sie mit Sicherheit wahrgenommen. So aber musste er hier verharren, in der Hoffnung, dass sie überhaupt kommen würde. Und dann kam sie. Zu Fuß bog Steffi um die Ecke. Ihre nackten Beine umspielte ein Trenchcoat, und ihre Füße steckten in hohen Stöckelschuhen. Sie war geschminkt und hatte die Haare hochgesteckt. Zielstrebig ging sie auf den Eingang der Bar zu.

Als sie auf seiner Höhe angekommen war, öffnete Torino die Autotür und stieg aus. Mit den Worten: »Hallo Süße, schön, dass ich dich noch treffe« ging er sofort auf sie zu. »Entschuldige bitte, aber ich bin heute nur auf einen Sprung hier. Die letzten zwei Tage war ich in Frankfurt an der Börse. Rasante Geschichte, kann ich dir sagen. Wenn das so weitergeht, kann ich bald eine eigene Bank gründen! Aber egal. Ich wollte dich nur noch einmal sehen, bevor ich für einige Tage in die Schweiz fliege. Verzeih mir den Anruf heute Morgen, aber ich habe vergessen, dass du die Nacht durchgearbeitet hast. Geht's dir gut? Ach, lass dich mal drücken!«

Bevor sich Steffi versah, hatte Torino auch schon seine Arme um sie geschlungen. Energisch und bestimmt wehrte sie sich und schob ihn zurück.

»Stoppstoppstopp, du kannst mich hier doch nicht umarmen. Wenn das jemand sieht! Ich habe hier meinen Job zu machen, verstehst du?«

»Sicher«, antwortete er, »aber ich sagte dir doch schon mal, dass ich dabei bin, mich in dich zu verlieben. Da kann ich doch auch nichts für. Am liebsten würde ich es sehen, wenn du mit der Arbeit hier aufhören würdest und mit mir kommst. Ich habe nun wirklich genug Geld für uns beide, was hältst du davon?«

»Das klingt ja sehr verlockend, aber du weißt genau, dass das nicht so einfach geht, du verstehst mich?«

Torino ging erneut auf sie zu, und dieses Mal ließ sie seine Umarmung geschehen. Er sah ihr tief in die Augen. »Stefania, ich meine es Ernst. Ich brauche dich!«

Sie kniff ein Auge zusammen. »Ich gebe zu, das ist ein reizendes Angebot, aber wir kennen uns doch kaum. Auch wenn ich dich von deiner besten Seite kennengelernt habe – geht das nicht alles ein bisschen schnell?«

Im Gegenteil, viel zu langsam geht mir das Geeiere hier, dachte er, doch er sagte: »Okay, ich lasse dir alle Zeit der Welt, ruf mich an, wenn du dich entschieden hast, aber ich muss langsam los, Geld verdienen. Für unser Nest.«

»Du bist ein Spinner! Wie lange bleibst du in der Schweiz?«

»Höchstens drei Tage, dann bin ich wieder zurück.«

»Ruf mich dann bitte an, ja?«, bat sie. »Ich verspreche dir auch, dass ich über dein Angebot nachdenken werde, okay?«

»Okay, so soll es sein.« Er versuchte sie auf den Mund zu küssen, aber Steffi zog blitzschnell ihren Kopf zurück. »Das lassen wir mal lieber, Bursche.« Lachend drehte sie sich um und verschwand im Haus.

Torino sah ihr hinterher und seufzte. Nichts da mit Barem heute, dachte er. Mist! Aber das wäre wohl auch zu viel verlangt, angesichts der Kürze der Zeit. Die drei

Tage kann ich auch noch warten, und dann koche ich dich weich, Schätzchen. Der Anfang war schon mal gut. Ich werde noch etwas mit Geld wedeln, und schon wirst du neugierig. Nein, gierig! Du wirst mich anflehen, dein Geld anzunehmen, es anzulegen und richtig gute Zinsen für dich herauszuholen. Das ist einfach so! Jeder rennt dem Geld hinterher und versucht es möglichst leicht zu verdienen. Und wie viele Beispiele gibt es, wo durch Spekulation Millionen verdient wurden. Man muss nur den richtigen Riecher haben und ich wäre nicht Damiano Torino, wenn ich nicht wüsste, dass hier Geld zu holen ist. Na, dann schauen wir mal, wie viel du mir anbietest, Steffilein!

Das Büro war modern eingerichtet. Es lag im dritten Stock eines Hochhauses, in dem verschiedene Firmen ihren Sitz hatten. Versicherungsmakler, Import- und Exportunternehmen, Zeitschriftenverteiler und eben auch die »Kreditvergabeagentur Artur Scheibe«. Hier konnte man sich Geld borgen, wenn andere Institutionen längst nein gesagt hatten. Wenn Banken bei einer Tasse Kaffee nett, aber konsequent auf überfällige Zahlungen hinwiesen, Lebensversicherungen nur mit hohem Verlust vorzeitig ausgezahlt wurden und man Familienangehörigen und Freunden längst aus dem Weg ging, gab es immer noch diesen Rettungsring. Kleine Summen, kurze Laufzeiten – so wie man sich einen Kredit vorstellt, den man mal ganz schnell benötigt. Nur die Höhe der Zinsen war auf den ersten Blick erschreckend. Aber wenn zum Beispiel ein Auto, das normalerweise zehntausend Euro kostet, nun für fünftausend im Angebot ist, musste man doch zuschlagen! Und selbst bei dreißig Prozent Zinsen waren es immerhin nur noch sechstausendfünfhundert Euro, die man bei Scheibe zurückzahlen brauchte. Also hatte man gut Dreieinhalbtausend gespart. Und darauf kommt es doch heutzutage an: Sparen, wo man kann! Und in diesen zwei Monaten bis zur Fälligkeit des Kredits konnte man in aller Ruhe seinen alten Wagen verkaufen, und alles ist geritzt. Blöd war es nur, wenn der alte nicht wegging oder nicht die erhoffte Summe brachte. Dann wurde es richtig eng. Da gab es bei Scheibe auch kein Nachverhandeln. Der holte das neue Auto einfach ab, und die Sechstausendfünfhundert waren trotzdem fällig! Natürlich kam er auch nicht persönlich, um den Wagen sicherzustellen. Dafür hatte der kleine zierliche Mann sein Personal. Das lernte man allerdings immer erst dann kennen, wenn man in diese missliche Lage gekommen war, und man stellte sich unweigerlich die Frage: Ist Scheibe tatsächlich so klein oder sind seine Leute so groß?

Scheibes Agentur gab es schon seit einigen Jahren, und sie lief ganz gut. Montags tagte er immer mit seinem Personal – so auch heute. Er saß an seinem Schreibtisch und sah in die Runde seiner stehenden Riesen.

»Hat Torino am Freitag gezahlt?«, fragte er. »Hat er bei jemandem von euch das Geld abgegeben?« Er blätterte in einer Akte. »Also auf der Bank ist nichts eingegangen, und die Buchungen für heute sind durch!«

Die Umherstehenden schüttelten die Köpfe.

»Das ist unangenehm, sehr unangenehm. Wie soll ich meine Geschäfte gewissenhaft führen, wenn ich mich nicht mal auf meine Kunden verlassen kann! Ich hasse Unzuverlässigkeit. Da bin ich mal nett und hänge mich weit aus dem Fenster und helfe hier und da und werde dann so enttäuscht. Dabei habe ich nur Kosten: die Miete, eure Löhne und und und … Für mich bleibt da gar nichts mehr. Ehrlich!« Er seufzte und senkte den Kopf. Leise sprach er weiter: »Holt mir das Geld! Schwärmt aus und bringt mir mein Geld zurück. Ich kann das nicht dulden. Es kann nicht sein, dass man mich so missachtet! Wenn sich herumspricht, dass ich so nachgiebig bin, zahlt niemand mehr seine Schulden zurück. Also, findet den Kerl und bittet ihn, sofort zu zahlen. Und dann ermahnt ihn nachdrücklich. Wenn das erledigt ist, grüßt ihn von mir, er kann jederzeit wiederkommen. Wenn er noch mag …«

Die Hünen, korrekt in schwarze Anzüge gekleidet, nickten und folgten Nico, der die Inkassoabteilung leitete. Sie nahmen in einem Nebenzimmer an einem runden Tisch Platz, wo die Vorgehensweise des Unternehmens besprochen wurde. Dabei galt es, zunächst den Aufenthaltsort von Torino ausfindig zu machen. Aber das war kein Problem, da man Kollegen in ganz Deutschland kannte, die sich in ihrer Gegend über einen eventuellen Aufenthalt eines Klienten umhören konnten. Das System hatte sich bewährt, und so wusch eine Hand die andere.

Damiano Torino lag in seinem Hotelzimmer auf dem Bett und ließ die Zeit verstreichen, in der er angeblich in der Schweiz war. Er hatte sich vorher mit Nahrungsmitteln und Getränken eingedeckt und nutzte die Zeit, sich zu sammeln, die Gedanken zu ordnen und sich auf die neuen Spiele mental vorzubereiten. Immer noch leicht geschwächt, schlief er sich aus und schmiedete am Plan, an Stefanias Geld zu gelangen. Er setzte einfach voraus, dass sie Geld hatte und es ihm auch geben würde. Und er dachte über seine jetzige Situation nach. Mein Gott, wie tief bin ich gesunken, fragte er sich. Jetzt muss ich mir schon Geld bei Huren borgen. Dabei war ich schon mal ganz oben. Er erinnerte sich an die Zeit, in der er sein Geld nur so um sich schmeißen konnte. Da war ihm nichts zu teuer. Da ließ er sich feiern und hofieren, da war er der Held, und jeder um ihm herum wollte sein Freund sein. Er war der Größte! Er, der aus der sogenannten Gosse kam. Er, dessen Vater als italienischer Gastarbeiter in den Sechziger-Jahren nach Deutschland gekommen war und dessen Mutter eine deutsche Putzfrau war. Sie hatten in einem Reihenhaus am Rande der Stadt zur Miete gewohnt, zusammen mit seinen Schwestern. Das Geld hatte nie gereicht, und wenn die Mutter aus der Kneipe kam, bekamen sie Kopfnüsse zu essen. Bis der Vater nach Hause kam und die Mutter verdrosch. So sehnten sich er und seine Schwestern schon früh nach dem Tag, an dem sie ausziehen und auf eigenen Füßen stehen würden. Für die hübschen Mädchen gab es die Möglichkeit, irgendwo einen Mann mit Geld zu erobern, und so probierten sie alle Kerle erst der Straße, dann der Stadt und schließlich der ganzen Gegend aus. Bis sie wegziehen mussten, ihres Rufes wegen. Torino selbst hatte es schwerer. Zwar war er ein guter Schüler und in seiner Lehre als Mechaniker ganz geschickt, aber irgendwie sagte ihm das alles nicht zu. Der Dreck, die schlechte Bezahlung und überhaupt – so sollte sich sein Leben nicht gestalten. Er wollte nach oben, wollte leben und genießen. Und dazu braucht man Geld. Ohne Moos nichts los! Er fing an zu klauen. Werkzeug, Ersatzteile, nichts Großes. Und der Erlös machte sich nicht einmal bemerkbar, so gering waren die Nebeneinkünfte. Diese hielt er allerdings streng zusammen, und so galt er als Geizhals. Man sah ihn auf keiner Party, auf keiner Disco, und nie führte er ein Mädchen aus. So ließ man ihn schließlich links liegen, und Torino störte es nicht einmal. Als jedoch eines Tages ein entfernter Kumpel Geld brauchte und auch ihn ansprach, hatte er genickt, einen Schuldschein aufgesetzt, die Zinsen festgelegt und das Geld aus seiner Hosentasche gezogen. Das sprach sich natürlich schnell herum, und so bildete sich bald ein immer größer werdender Schuldnerkreis um ihn. Er zahlte die Beträge sofort aus und holte sich das Geld am darauffolgenden Lohntag wieder ab. Als ein Kunde einmal nicht pünktlich bezahlen wollte, verdrosch Torino ihn mit einer Zaunlatte und legte dabei eine ihm nicht zugetraute Brutalität an den Tag. Aber diese Aktion schadete ihm nicht. Vielmehr wuchsen die

Achtung vor ihm und der Respekt. Er fing an, Wertgegenstände in Zahlung zu nehmen und verkaufte sie dann mit Gewinn wieder. Dass der eine oder andere Gegenstand dabei selbst geklaut war, interessierte ihn nicht. Hauptsache war, er kam an sein Geld.

Torino fuhr ständig mit einem Fahrrad herum und schloss sich dem »Italienischen Arbeiter-Sport-Bund« an, wo er dreimal in der Woche Kickboxen trainierte. So wuchs er in seinem Kiez zu einer Größe heran, mit der man sich nicht anlegen wollte. Er blieb allerdings stets verschlossen und freundete sich mit niemandem an. Man suchte ihn auf, wenn man etwas von ihm wollte. Dann setzte er seinen scharfen Verstand ein und verwaltete mit buchhalterischer Akribie das Geschäft. So schacherte er sich mit der Zeit ein für die dortigen Verhältnisse beträchtliches Kapital zusammen. Sein Ziel war es, irgendwann die Stadt zu verlassen, wo man ihn kannte und er den Geruch des Slums nicht loswurde. Er wollte in eine Großstadt, weg von hier. Mit viel Geld eine neue Identität schaffen, einfach plötzlich da sein.

Drei Jahre später war es dann so weit. Torino zog nach München. Da war er vierundzwanzig Jahre alt, hatte knapp fünfzigtausend D-Mark in der Tasche und strotzte vor Selbstbewusstsein. Zuerst ging er zu einem Promifriseur, ließ sich die Haare schneiden und die Nägel pflegen und betrat dann einen Herrenausstatter, der ihm seinen ersten Armani-Anzug verkaufte. Dem folgten edle Hemden und Krawatten sowie Schuhe der Luxusklasse. Zum Schluss suchte er einen Juwelier auf, kaufte dort eine teure Armbanduhr und ein Armkettchen aus Gold. Dann fuhr er mit einem Taxi zu einem Mittelklassehotel, in dem er sich für dreitausend Mark für einen ganzen Monat einquartierte. Er bezahlte im Voraus und erhielt deshalb diesen Vorzugspreis. Jetzt war er ein Mann von Welt. Die Aura, die ihn umgab, ließ ihn plötzlich ein ganz anderer Mensch sein. Er war unterhaltsam, charmant und schick. Die Art, wie er lächelte, ließ andere klein werden. Wen seine dunklen Augen ansahen, der senkte den Blick. Frauen jeden Alters drehten sich nach ihm um und selbst die Männer bewunderten den eleganten, schlanken, aber kräftigen Herren, der aus einem Magazin entstiegen schien. Torino sonnte sich in seiner Wirkung und machte sie sich zunutze. Wo er in der Folgezeit auftauchte, wurde er bevorzugt behandelt; nirgends musste er lange warten, überall erhielt er Sonderpreise, ohne sie verlangt zu haben, und jeder behandelte ihn wie einen Star. So hatte er es sich vorgestellt, und sofort hatte er vergessen, woher er kam. Er hatte abgeschlossen mit seiner Vergangenheit und wollte auch nicht wieder daran erinnert werden.

Auch beruflich hatte er sich verändert. Torino hatte in seinem Sportverein einen alten Boxtrainer kennengelernt, der ihm die verschiedensten Roulettearten erklärte: amerikanisches und französisches Roulette, Black Jack und Baccarat. Diese Welt gefiel Torino, und der scharfe, glasklare Rechner in ihm lief zur Höchstform auf. Er erkannte Zusammenhänge, Wahrscheinlichkeiten und Möglichkeiten und nutzte sie. Die ersten Erfolge am Spieltisch gaben ihm Recht, und schnell entschied er sich für dieses Leben. München sollte nun die erste Station seiner Welttournee sein, wie er es nannte. Er hatte keine Angst zu scheitern und war sich bewusst, auch verlieren zu können, aber damals setzte er sich Limits, die er auch streng einhielt. Aber was er auch machte, er verlor nicht, jedenfalls keine großen Summen. Er galt als ausgemachter Glückspilz, immer auf der Siegerseite. Jedenfalls anfangs. Später dann, speziell, wenn er woanders spielte, hielten sich Gewinn und Verlust die Waage, bis er eines Tages bis an den Rand des Totalverlustes kam. Diese Erfahrung schmerzte ihn sehr, und eine bis dahin nicht gekannte Angst kam in ihm auf – die Angst, wieder in der Gosse zu landen. Brutal auf den Boden zurückgeholt, kamen alle Erinnerungen an damals wieder hoch und ließen ihn erschaudern. Ob es diese Angst war – egal, Torino konzentrierte sich jeweils nur auf das nächste Spiel und gewann wieder. Und so sollte es sich wie ein Faden durch sein Leben ziehen: Gewinnen, um wieder zu verlieren. Kleine Summen, große Summen. Später Häuser, Grundstücke, Autos. Aber da konnte er schon lange nicht mehr aufhören. Hatte er die Taschen voller Geld, musste er einfach spielen, immer in der Hoffnung, seinen Gewinn zu vermehren. Irgendwann stumpfte er auch gegen Verlust ab und nahm ihn einfach nur zur Kenntnis. Wie gewonnen, so zerronnen, heißt es. Egal. Es wird schon weitergehen – und es ging weiter. Nämlich abwärts. Torino wollte es nicht sehen. Zu sehr war er diesem »Rien ne va plus« verfallen. Zu tief steckte er drin, durch gelegentliche Gewinne immer noch bestätigt. Auf und ab. Sekt oder Selters. Nichts hielt ihn auf. Niemand sagte ihm, dass er langsam absoff. Keiner war da, der ihm sagte, was er beim Spielen aus dem Mund des Croupiers ständig hörte: »Torino, pass auf, sonst geht wirklich nichts mehr!«

Die Tage vergingen, und endlich konnte Torino bei Stefania anrufen. Sie verabredeten sich für den Abend bei ihm im Hotel, und in der Zwischenzeit räumte er das Zimmer auf, duschte ausgiebig, rasierte sich und zählte noch einmal sein Geld. Es waren genau noch zweihundertelf Euro und sieben Cent, die er in der Tasche hatte. Diese wollte er opfern, wenn sie essen gingen. Sie sollten sozusagen das Eintrittsgeld zu ihr sein.

Pünktlich um neun Uhr klopfte es. Mit schnellen Schritten sprang Torino an die Tür und riss sie auf. Stefania sah umwerfend aus, wie sie so dastand. Er strahlte sie an und breitete seine Arme aus. »Steffi, Liebes, komm herein! Schön, dass du da bist. Ich bin vor Sehnsucht fast gestorben. Beim nächsten Mal musst du unbedingt mitkommen, hörst du?«

Sie ging an ihm vorbei, und er schloss die Tür. Dann folgte er ihr in das Zimmer, fasste ihre Schulter und versuchte sie zu küssen. Wieder beugte Steffi sich zurück. »He, Huren küsst man nicht, verstanden?«

Erschrocken wich Torino zurück. »Stefania, was redest du denn da? Du bist für mich doch keine … keine, na, du weißt schon.« Er wand sich händeringend. »Na, keine Hure, hör mal!«

»Nein, du hörst jetzt mal: Was soll das? Du, ein erfolgreicher Geschäftsmann, und ich eine aus dem horizontalen Gewerbe. So etwas hat doch keine Zukunft!«

Torino sah sie an. »Genau deswegen habe ich mich doch heute mit dir verabredet, Steffi. Pass auf: Wir gehen jetzt schick essen und reden mal über alles, okay?«

»Okay, Damiano, du scheinst es ernst zu meinen. Ich habe heute meinen freien Tag, das heißt, ich bin nicht beruflich hier. Und so etwas mache ich nicht mit jedem, verstehst du?«

Er nahm ihre Hände und küsste sie. »Du machst mich glücklich, Steffi! Lass uns über alles reden, und dann überlegst du dir, wie es mit uns weitergeht.« Er nahm seinen Trenchcoat vom Bett und warf ihn sich über den Arm. »Lass uns losgehen, es gibt hier einen guten Italiener. Magst du?«

Stefania legte ihre letzten Zweifel ab. »Italiener klingt gut, sehr gut!«

Beide prusteten laut los und verließen das Hotelzimmer. Im Fahrstuhl küsste sie Torino dann. Es kam für ihn plötzlich und unerwartet, und als er es realisierte, legte er all seine Glut in diesen Kuss, der ihr fast den Atem nahm und sie an ihn fesselte. Dieser erste Kuss entschied über ihre nähere Zukunft. Sie ergab sich.

Verliebt, Arm in Arm, gingen sie, Raum und Zeit vergessend, die Straße entlang, bis sie vor dem Restaurant standen. Vor der Tür küssten sie sich erneut und betraten dann lachend das Haus. Sie entschieden sich für eine abseits gelegene Ecke des Lokals und wurden vom Kellner dorthin geleitet. Torino bestellte den Wein und das Essen auf Italienisch und beeindruckte Stefania damit erneut.

»Du bist schon ein toller Typ, Damiano. Ehrlich. Gleich am ersten Abend habe ich gemerkt, dass du etwas Besonderes bist. Aber da habe ich noch gedacht, du spielst mit mir.«

»Und jetzt hast du eine andere Meinung?«, fragte er listig. »Ja. Ich will alles von dir erfahren, ich will dich kennenlernen.«

»Sollst du, sollst du alles, haben, Liebes. Am besten du fragst und ich antworte dir!«

Und Stefania fragte ihn alles und Torino antwortete. Die Lügen kamen ihm locker über die Lippen, nuanciert, je nachdem, wie es die Frage verlangte. Er legte ihr ein konstruiertes Leben vor die Füße, und sie glaubte ihm nur allzu gern. Das Essen kam und unterbrach für eine kurze Zeit diese Farce. Ab und zu trafen sich ihre Blicke, und sie vergaßen alles um sich herum. Nur sie zwei zählten jetzt, und es machte sie zufrieden und glücklich. Jeden auf seine Art.

Aber auch Stefania hatte sich vorgenommen, an ihrem ersten Abend noch nicht alles von sich preiszugeben. Zu viele dunkle Flecken waren vorhanden aus der Zeit, bevor sie in das Edelbordell gekommen war. Aber wie heißt es so schön? Man war jung und brauchte das Geld! Und irgendwann kamen sie natürlich auch bei diesem Thema an.

»Nun erzähl mir doch mal genau, womit du dein Geld verdienst?«, fragte sie.

Ja! jubelte Torino innerlich. »Das werde ich dir sagen: Ich spekuliere an der Börse. Ich bin Fachmann für Aktien und setze für große und kleine Firmen ihr Geld auf Gewinn. Und natürlich auch mein eigenes. Das ist zwar nicht so ganz legal, wegen des sogenannten Insiderwissens, aber es gibt da immer Möglichkeiten.«

»Ich weiß, dass man dort mit Spekulationen viel Geld machen kann, aber hast du keine Angst, auch zu verlieren?«

»Wie gesagt, Steffi, ich verfüge über dieses Wissen, was läuft und was nicht. Wir haben Informanten in der Wirtschaft und in der Politik. Wir wissen als Erste, was demnächst kommt. Das ist es doch, was die Börse ausmacht: mit Geld reagieren. Sich zurückziehen oder zuschlagen. Kaufen, wenn der Kurs günstig ist, und verkaufen, wenn man damit Profit macht, bevor der Kurs wieder fällt. Bricht irgendwo auf der Welt ein Krieg aus – wir wissen es als Erste. Nur so als Beispiel.«

»Das ist schon toll. Auf diese Art Geld zu verdienen, könnte mir auch gefallen!«

»Du, zur Börse hat jeder Zugang. Aktien kann schließlich jedermann kaufen.«

»Würdest du mich beraten?«, fragte sie.

»Natürlich, das ist mein Job.« Torino setzte sich gerade auf. »Da gibt es verschiedene Möglichkeiten: kurzfristige und langfristige. Anlagen mit langer und kurzer Laufzeit. Willst du etwas Solides für später oder etwas Schnelles für sofort?«

Stefania horchte auf. »Schnell geht auch?«

Torino lachte, nahm ihre Hände in die seinen und küsste sie. »Liebes, natürlich geht das auch. Ich weiß doch genau, wann eine Auktion zu Ende ist und wie der Kurs gerade steht, das sehe ich doch auf meiner Tafel. Und da kann ich noch setzen. Und eine Minute später habe ich mein Geld verdoppelt. Wie gesagt, das können nur Leute, die auch auf dem Parkett sind. Wie ich.«

»Das glaube ich nicht! Und ausgerechnet ich lerne so einen Profi kennen. Ob ich tatsächlich noch einmal so viel Glück im Leben haben werde? Erzähl mir bitte mehr vom Geld!« Sie sah ihn mit leuchtenden Augen an. Das Fieber hatte sie erreicht. Die Aussicht auf schnelles Geld hatte sie erfasst. Plötzlich sah sie die Möglichkeit, aus ihrem Beruf auszusteigen, ein neues Leben zu beginnen. Raus aus dem Club. Reisen, ein Haus im Süden Europas, ein Mann. Damiano? Das wusste sie noch nicht, und es wäre auch viel zu früh, sich jetzt schon für ihn zu entscheiden. Aber im Augenblick brauchte sie ihn. Er sollte ihr mit seinen Möglichkeiten eine neue Tür aufstoßen. »Was meinst du, wie schnell könnte so etwas gehen?«

»So schnell du nur willst, Liebling. Ich kann morgen schon nach Basel fliegen. Drei Tage später bin ich wieder zurück. An wie viel Geld hast du denn gedacht? Was willst du setzen?«

Sie rutschte aufgeregt auf ihrem Stuhl hin und her. Ich habe zu Hause etwa siebzehntausend Euro, überlegte sie blitzschnell. Auf der Bank liegen noch etwa viertausend, für die laufenden Kosten. Ich könnte ihm also Zwanzigtausend geben. Für drei, vier Tage, dann habe ich vielleicht Vierzigtausend! Na, lass es Dreißigtausend sein, wenn es nicht so optimal läuft. Ich sehe mir das an und wenn es klappt, kann er immer weiter machen. Dann steige ich in einigen Monaten aus.

»Damiano, ich muss mich aber auf dich verlassen können. Ich kann dir Zwanzig geben. Vier Tage lang, aber dann bin ich pleite, hörst du? Und du bist sicher, dass es klappt?« Plötzlich überkamen sie Zweifel, ob es richtig war, einem fremden Mann all ihr Geld zu geben.

Torino hatte sein strahlendstes Lächeln aufgesetzt. Dazu sah er auch allen Grund. Steffi hatte ihm gerade zwanzig Riesen angeboten. Jetzt war er am Ziel. Ja! Er hatte es gewusst! So läuft das! Er konnte wieder spielen. Gott sei Dank. Sie kriegt ja auch alles wieder! Den Gewinn würde er teilen und dann neu setzen. Endlich wieder gewinnen. Endlich wieder nach oben!

»Steffilein, Liebes, alles kein Problem. Verlass dich ruhig auf mich. Schon morgen fliege ich los. Zurzeit ist gerade ein großes Ding am Laufen. Auf dem Kaffeemarkt gibt es gerade Turbulenzen, und die machen wir uns zunutze. Ich habe einen todsicheren Tipp von einem Informanten bekommen. Auch ich werde mich mit fünfzigtausend Euro da reinhängen, glaube mir, das lasse ich mir nicht durch die Lappen gehen! Wann willst du mir das Geld geben?«

Sie neigte den Kopf zur Seite und sah ihn mit zusammengekniffenen Augen an, wie es ihre Art war. »Ich lade dich zum Frühstück ein, was hältst du davon?«

Torino blinzelte zurück. »Abendessen mit anschließendem Frühstück – das gefällt mir!«

Es wurde ein ausgelassener Abend. Jeder rechnete mit Geld, das er noch gar nicht hatte, und das machte sie fröhlich. Die Erwartung eines hohen Profits ließ ihn verschwenderisch sein, und sie berauschte sich an dem Gedanken, in allernächster Zukunft ebenfalls unabhängig zu leben. Beide lebten in einer Scheinwelt, und für den Augenblick befanden sie sich im Sog des Geldes.

Am nächsten Tag gab Stefania ihm ihr gesamtes Geld. Während der Nacht waren keine Zweifel aufgekommen ob der Richtigkeit ihrer Entscheidung, und nun standen sie am Eingang der Bank, bei der Stefania soeben ihr Konto leer geräumt hatte. Torino nahm die Scheine lässig aus ihrer Hand und steckte sie sich in seine Jackentasche. Dabei fühlte er den Umschlag mit dem Geld, das sie ihm schon zu Hause gegeben hatte, und auf einmal hatte er es eilig. Er wollte weg, wollte los, um zu spielen, zu gewinnen, wollte sich aufschwingen zu neuen Höhen, wollte wieder ein Sieger sein.

»Brauchst du eine Quittung?«, fragte er grinsend.

»Ich vertraue dir, Schatz. Und solltest du mir durchbrennen, jagen dich meine Luden. Und das wünsche dir lieber nicht!«, antwortete Steffi lachend, nicht ahnend, bald in eine Situation zu kommen, die sie noch tiefer in den Sumpf ziehen würde.

Torino drückte sie kurz an sich und küsste sie flüchtig auf die Wange, als er sich von ihr verabschiedete. »Ich muss los, Kleines. Mach's gut. Ich melde mich bei dir.«

Er drehte sich um, winkte ein Taxi heran, stieg ein und verschwand. Stefania sah dem Auto verwundert hinterher, zu schnell war Torino verschwunden, zu geschäftlich der plötzliche Abschied. Jetzt kamen ihr doch Zweifel. War es richtig gewesen, einem wildfremden Mann ihr gesamtes Geld zu geben? Ihre Ersparnisse sollten doch für einen Ausstieg sein, für ein neues Leben, irgendwo, irgendwann. Aber Stefania schob die Gedanken zur Seite. Sie wollte nicht über die Konsequenzen nachdenken, die der Verlust ihres Geldes mit sich bringen würde. Vogel-Strauß-Politik: Wenn man den Kopf in den Sand steckt, sieht man die Gefahr nicht. Und was man nicht sieht, ist auch nicht da …

Sie drehte sich um und schlug den Kragen ihres Mantels hoch. Trotz der frühlingshaften Wärme fröstelte sie plötzlich. Mit schnellem Schritt ging sie nach Hause. Sie wollte noch ein paar Stunden schlafen, bevor sie am Abend wieder ihren Dienst antrat. Wieder in eine Rolle schlüpfte, die sie schon so gut beherrschte. Wieder die »Studentin« sein, die nur gelegentlich und ausschließlich in den Ferien dort arbeitete. Dies jedenfalls sagte sie ihren Freiern. Die hörten diese Story gerne und bildeten sich ein, sie erobert zu haben, wenn sie mit ihr auf das Zimmer gingen.

Heute jedoch machte sie ihre Arbeit schlecht. Unweigerlich musste sie stets an Torino denken und an ihr geplündertes Konto. Nichts konnte sie aufheitern, und so sehnte sie ihren Feierabend herbei und die Stunde, in der er zurück sein wollte.

Mit sehr viel Geld. Ihrem Geld.

Wieder lief die Kugel. Sie kreiste entgegengesetzt der Laufrichtung der bunten Zahlenscheibe. »Bitte das Spiel zu machen«, sagte der Croupier, und die um den Tisch Sitzenden schoben ihre Chips hin und her, sich noch einmal korrigierend, auf den Gewinn hoffend.

»Nichts geht mehr.«

Die Kugel verließ die Lauffläche und ratterte über die Fächer mit den magischen Zahlen. Bis sie letztendlich liegen blieb und so über Glück oder Pech entschied. Torino schloss die Augen. Gott sei Dank, dachte er, als er erneut einen Stapel Jetons zugeschoben bekam. Das ist mein Glückstag. Ihn hatte wieder das Fieber gepackt. Er war der Alte, der Gewinnertyp. Nichts war mehr zu spüren von seiner anfänglichen Angst, auch noch Stefanias Geld zu verlieren. Zuerst hatte er vorsichtig gesetzt, und der Spielleiter hatte schon gedacht, er wäre ein Anfänger. Aber im Laufe des Spiels, mit zunehmendem Gewinn, wurde er mutiger und schwang zu seiner alten Form auf. Jetzt spielte er wieder lässig.

Jetzt atmete er wieder die Luft des Kasinos bewusst ein, sog sich voll mit dem Geruch, der ihm so vertraut war.

Wieder setzte er einen Stapel auf Rot, wieder kam der ewige Spruch des Croupiers und wieder schauten alle gebannt auf die Kugel. Die Spannung stieg an, und ein Raunen entglitt den Spielern, als Torino erneut gewann. Es grenzte schon an ein Wunder, dass dieser Mann jedes Spiel machte und dann so abkassierte! Und irgendwie war es unfair, zumal man selbst stets verlor. Nach und nach verließ ein Spieler nach dem anderen den Tisch, um woanders Platz zu nehmen und dort sein Glück erneut zu suchen.

Das alles interessierte Torino nicht. Er sah nur sein Spiel. Nur der Gewinn zählte für ihn. In Gedanken rechnete er die gewonnene Summe aus und verteilte das Geld schon. Steffi kriegt ihr Geld zurück, mit Zinsen, dachte er. Scheibe, der Idiot, kriegt noch was, und den Rest brauche ich erst einmal für mich.

Er saß jetzt allein am Tisch. Ohne Emotionen zu zeigen fragte der Croupier: »Sie spielen weiter?« Torino sah erstaunt auf. »Selbstverständlich, wollen Sie Feierabend machen?«

»Natürlich nicht. Sie können setzten.«

»Sie verdienen Ihr Geld durch die Gunst der Gewinner, nicht wahr?«

Der Mann errötete. »Größtenteils, ja.«

»Und was meinen Sie? Mit wie viel Geld rechnen Sie von mir?«

»Entschuldigung, das liegt in Ihrem Ermessen. Einen Rechtsanspruch haben die Angestellten natürlich nicht. Den haben nur die da …«

Er wies mit seinem Kopf auf zwei Männer, die in der Ecke standen.

»Finanzamt, stimmt's?«, fragte Torino.

»Genau. Die wissen, wer gewonnen hat. Und dann bekommt man nette Post.«

»Aasgeier, wenn ich verliere, kriege ich ja auch keine Steuern zurück«, sagte Torino.

»Das sieht heute aber nicht so aus.« Der Mann deutete auf den Tisch. »Bitte lassen Sie Ihre Glückssträhne nicht abreißen.«

»Danke, aber für heute mache ich Schluss!« Torino stand auf und fegte mit einer Hand die Chips zusammen. Auf einem Tablett lagen sie nun, bunt durcheinandergeschüttelt, und ergaben eine große Summe. Torino entnahm einen Fünfhunderter-Chip und warf ihn dem verwunderten Croupier zu.

»Da … Dankeschön«, stammelte der Mann. »Ich … äh, so ist das nicht gemeint. Das ist zu großzügig …«

»Das ist schon in Ordnung. Sie haben einen guten Job gemacht. Und Sie wissen doch: Jeden Tag eine gute Tat! Das ist meine für heute und gestern und vorgestern. Da kam ich nämlich nicht dazu.«

Der Mann schaute verständnislos, und Torino winkte ab. Dann drehte er sich um, ging zur Kasse und trat beschwingt an den Schalter. Mit einem unvorstellbar flinken Blick rechnete der Kassierer die Summe korrekt aus und schob die Scheine durch einen Schlitz unter der Glasscheibe durch. Torino zählte nicht nach, sondern steckte das Bündel in die Innentasche seines Sakkos. Er blickte noch einmal in den Saal und suchte den Croupier seines Tisches. Aber der drehte bereits wieder das Rad. »Bitte das Spiel zu machen …«

Da verließ er das Haus. Draußen angekommen, sah er auf seine Uhr. Es war dreiundzwanzig Uhr und zehn Minuten. Die Straße war menschenleer, und er wollte schon zur Ecke gehen, an der einige Taxis standen, als neben ihm ein schwarzer Van hielt. Die Scheiben des großen Wagens waren dunkel getönt. Eine Schiebetür öffnete sich, und heraus stiegen drei Männer. Torino kannte sie nicht, aber er wusste sofort, dass sie zu ihm wollten. Seine Muskeln spannten sich im ganzen Körper. Die drei gingen direkt auf ihn zu. Ihre kahl geschorenen Köpfe glänzten im Schein der Straßenlampen, und ihre Gesichter drückten Entschlossenheit aus. Die schwarzen Anzüge versuchten gar nicht erst, die muskulösen Körper zu verstecken.

»Herr Torino?«

Er überlegte blitzschnell, was die Männer wohl von ihm wollten, aber er hatte keine Ahnung. Zu selten war er in dieser Stadt.

»Ja …« Er sah in die Runde.

»Sie haben gewonnen?«, fragte der erste Mann wieder.

»Was geht Sie das an? Aber ich muss Sie enttäuschen, ich habe verloren. Scheißtag heute.«

»Oh, das ist äußerst bedauerlich! Ja, ja, es gibt diese Tage. Da läuft einfach gar nichts. Da geht alles schief.

Wenn ich da an meinen Boss denke und daran, dass ich ihm sagen muss: Chef, es war ein Scheißtag, was meinen Sie, wie er da reagiert …?«

»Was wollen Sie von mir?« Torino war vorsichtig. Das blöde Geplänkel nervte ihn.

»Unser Geld!« Jetzt sprach der Mann neben ihm.

»Welches Geld?«

»Herrn Scheibes Geld! Du bist überfällig! Also, her damit. Du hast es gerade gewonnen.« Er streckte seine Hand aus.

»Ich bin morgen bei Herrn Scheibe und bringe ihm das Geld«, versuchte es Torino.

»Nix da! Du bezahlst sofort!«

Jetzt schaltete sich der dritte Mann ein. »Quatsch nicht so lange rum oder soll ich nachhelfen?« Er kam einen Schritt auf ihn zu.

Torino hatte längst erkannt, dass er keine Chance gegen die drei hatte, und so kapitulierte er. Er griff in seine Tasche und holte das Geldbündel heraus.

»Wie viel kriegt Scheibe denn?«, fragte er.

»Wie viel hast du hier? Mensch, mach hin!« Der Mann wurde sichtlich ungeduldig.

Torino blätterte das Geld durch und schaute verstohlen zum Taxistand. Aber dort wurde man nicht auf das Treiben aufmerksam. »Siebenunddreißig habe ich hier, die kann ich euch schon mal geben.«

»Bullshit, das reicht nicht! Gib her!« Mit einem Ruck entriss er Torino das Geld. »Wo ist der Rest?«

»Mehr habe ich wirklich nicht! Sag Scheibe, ich komme nächste Woche mit dem Rest zu ihm.«

»Geht nicht. Kreditkarte dabei? Wir fahren zu einer Bank. Mal sehen, was die noch so ausspuckt.«

»Da ist nichts mehr zu holen, Konto gesperrt.« Torino fing an zu schwitzen. Steffi, dachte er. Steffis Geld. Scheiße!

»Los, einsteigen!«, befahl der Mann jetzt.

Torino verspürte einen kräftigen Schlag auf seiner Schulter. »Hörst du nicht? Steig ein!« Die Männer waren jetzt dicht an ihn herangerückt, und es blieb ihm nichts anderes übrig, als der Aufforderung zu folgen. Als er in das Auto stieg, sah er einen vierten Mann, der am Steuer saß. Die anderen sprangen hinein, und die Tür schloss sich. Dann schoss der Wagen los in Richtung Innenstadt. Der Fahrer kannte sich hier offenbar gut aus und fuhr direkt zu einer Filiale von Torinos Bank. Dort angekommen, musste er aussteigen. Auch hier war die Straße menschenleer. Die Bewacher folgten ihm in den Automatenraum, wo Torino seine Karte einsteckte und die Geheimzahl tippte. Er wusste, dass der Automat kein Geld ausspucken würde, und drückte den Höchstbetrag, der auf dem Bildschirm angeboten wurde. Mit Verwunderung sah er plötzlich Geld im Auszahlungsschlitz. Die Scheine lockten und boten sich dar.

»Von wegen Konto leer, du Spinner …«

Torino ahnte nicht den Schlag, der von hinten an ihn heranflog. Er spürte nur auf einmal einen wahnsinnigen Schmerz und das warme Blut, das in einem breiten Strom von seiner Stirn lief, die Augen verklebte und das Gesicht überschwemmte, bis es sich auf seinem Anzug sammelte. Vom Automatengehäuse tropfte es auf die Tastatur. Da kam ein zweiter Schlag in die Nierengegend. Torino sank zusammen und lag, sich vor Schmerzen krümmend, in einer Blutlache auf dem Boden.

»Wissen Sie, wofür das war?«, fragte der erste Sprecher. Damiano hörte die Stimme, die von weit her zu kommen schien. »Das war fürs Lügen!« Er machte eine kleine Pause, eher er weitersprach: »Den Engpass beim Geld könnte ich ja noch verstehen, aber Lügen kann ich nicht leiden, sie halten nur auf.« Er bückte sich und nahm das Geld aus Torinos Hand. »Kommen Sie bitte heute in einer Woche in Herrn Scheibes Büro und bringen Sie den Rest mit. Dann können Sie gerne einen neuen Kredit beantragen, sagt Herr Scheibe. Nichts für ungut …«

Die Männer verließen die Bank, und einen Augenblick später raste der Van über die Autobahn. »Weißt du was, Nico, manchmal quatscht du mir zu viel …«

Torino richtete sich langsam auf. Ihm wurde schwarz vor Augen, sein Kopf schmerzte, und aus seiner Stirnwunde lief weiter das Blut, allerdings schon etwas weniger. Er hielt sich am Automaten fest und stöhnte. Mit der freien Hand suchte er in seiner Hosentasche nach einem Taschentuch. Er fand es und wischte sich die Augen, so gut es ging, sauber. Ich brauche ein Taxi, dachte er. Ich muss mich im Hotel hinlegen! Er verließ die Bank und wankte zur Straße.

Ein Taxi hielt, und als er die Tür öffnete, erschrak der Fahrer. »Was ist denn mit Ihnen passiert?«, fragte er.

»Entschuldigen Sie bitte, ich bin gestürzt, da vorn« antwortete Torino.

Der Fahrer schnupperte, aber entgegen seiner Vermutung, es mit einem Alkoholisierten zu tun zu haben, konnte er keine Fahne riechen. Trotz des blutverschmierten Gesichtes machte der Mann einen gepflegten Eindruck und wirkte glaubhaft.

»Brauchen Sie einen Arzt?«, fragte er.

»Danke, aber ich brauche nur mein Bett. Fahren Sie mich bitte ins Hilton.«

Die Adresse passte zu dem Fahrgast, und so hatte der Fahrer keine Bedenken, Torino zu chauffieren. Der kramte in seinen Taschen. »Sorry, aber ich habe nur noch einen Zwanzigeuroschein bei mir …«

»Steigen Sie ein, das geht schon in Ordnung.« Aus dem Handschuhfach entnahm er eine Rolle Küchenpapier und reichte sie Torino.

Wenig später lag Torino in seinem Bett. Zerschlagen, müde, verzweifelt. Wovon er am nächsten Tag sein Zimmer bezahlen sollte, wusste er nicht.

Er versuchte das Ende des Abends zu rekonstruieren. Woher hatten Scheibes Männer gewusst, dass er hier am Kasino zu finden war? Wer hatte es ihnen gesteckt? Und überhaupt: ihn so zu jagen! Er hatte doch alles zurückzahlen wollen, nur ein paar Tage noch und er wäre bei Scheibe aufgetaucht. Aber das hier war doch echt übertrieben! Ihn auch noch zusammenzuschlagen! Und Steffi! Es war doch Steffis Geld! Aber das hätte die Männer sowieso nicht interessiert. Doch wie sollte er ihr nun gegenübertreten? Sie wartete doch auf ihr Geld! Mist! Und morgen wollte er auschecken. Doch womit bezahlen? Da fiel ihm der Geldautomat ein. Warum kamen da zweitausend Euro raus? Woher kommt das Guthaben? Er hatte keine Ahnung von dem Schreiben seiner Bank, die ihm den Kreditrahmen erhöht hatte. Woher auch. In seiner ehemaligen Wohnung in Schwabing wohnte jetzt jemand anderes, und das wusste die Bank nicht. Aber das könnte die Rettung sein, dachte er. Mitunter kommt da noch mehr aus dem Kasten. Dieser Gedanke setzte sich in seinem Kopf fest, und er konnte es kaum erwarten, dass ein neuer Tag begann. Dann würde er erneut den möglichen Betrag ziehen, und der würde ihn retten …

Steffi indes hatte wieder einen schlaflosen Tag erlebt und ihre Unruhe hatte sich ins Unermessliche gesteigert. Ihr Handy trug sie ständig bei sich, und obwohl es nicht klingelte, sah sie des Öfteren auf das Display, als hätte sie einen Anruf verpasst. Damiano war zwar noch nicht fällig, aber melden hätte er sich doch mal können! Wenigstens einmal anrufen oder eine SMS hätte er doch schicken können, dachte sie besorgt. Allein der Liebe wegen! Ihr fiel auf, dass sie nicht einmal seine Nummer hatte, und mit Sorgen bereitete sie sich auf den Abend in der Bar vor.

Zur selben Zeit herrschte schon fast Hochbetrieb in Sioux City, der Metropole am Missouri. Die Stadt im

Mittleren Westen der Vereinigten Staaten war aufgewacht und füllte sich nun mit lebhaftem Treiben. Vor einem schicken Holzhaus am Rande der Stadt verabschiedete sich gerade Jonathan Smith von seinem Lebensgefährten Willy Stone.

»Mach's gut, Willy, und vergiss nicht die Katze draußen zu füttern! Und stell ihr bitte jeden Tag Wasser raus.«

»Ja, ja … und putz dir schön jeden Tag die Zähne«, äffte der Angesprochene Jonathan nach.

Der sah ihn mit verzerrtem Gesicht an. »Du bist aber auch manchmal ein richtiges Ekel, Willy. Also, ich bin in drei Tagen wieder zurück. Wobei: Du könntest aber auch wirklich mitkommen! Wir sind schon fast ein Jahr lang zusammen, und du hast ihn ja auch einmal kennengelernt. Onkel George mochte dich und hat mir seine letzten Dollar vermacht, und du kommst nicht einmal zu seiner Beerdigung mit.«

»Du musst los, verpass deinen Zug nicht.« Willy ging nicht auf den Vorwurf ein. »Mach du dir ein paar schöne Tage – ich kümmere mich um die Katze.«

Jonathan winkte ab. »Es hat keinen Zweck mit dir zu reden.« Er drehte sich um und ging zu seinem Wagen, einem roten Dodge. Ein letztes Mal winkend, fuhr er in Richtung Bahnhof.

»Ja, ja … du mich auch«, sagte Willy und ging ins Haus. Er war heilfroh, einmal einige Tage für sich zu haben. Dieses ständige Getuttele von Jonathan ging ihm schon seit einiger Zeit auf die Nerven. Als plötzlich die Nachricht kam, dass George verstorben sei, stand für ihn sofort fest, dass er nicht zur Beerdigung mitfahren würde.

Drinnen ging er an den Kühlschrank und holte sich eine angefangene Flasche Wodka heraus. Er füllte ein Glas, das noch vom Vorabend auf dem Tisch stand, und kippte den Schnaps in einem Zug hinunter. Dann stellte er die Flasche zurück und ging ins Arbeitszimmer, wo auch der Computer stand. Während sich das gewählte Programm aufbaute, lehnte er sich zurück. Er hat's noch nicht gemerkt, dachte er und musste grinsen. Jo hat nicht mitbekommen, dass ich nicht Willy bin, sondern Jack. Jack Russel, ein überall gesuchter »Mörder« – mein Gott, welch ein Wort! Wie aber auch sollte er dahinterkommen? Die Reise nach Deutschland ging doch glatt. Weder bei der Einreise noch beim Abflug war aufgefallen, dass ich eben nicht Willy Stone bin! Die Papiere waren echt. Jonathan war hier bekannt und angesehen. Und er hat für mich gebürgt.

Sie hatten auch eine schöne Zeit, anfangs. Aber Jonathan war nicht der Typ, mit dem er über seine Neigung, Menschenfleisch zu essen, sprechen konnte, geschweige denn würde der jemals mitmachen. Vorsichtig hatte er immer wieder versucht zu philosophieren, über das Leben und den Tod. Und darüber, was nach dem Tod kommt. Aber Jo war so wahnsinnig nüchtern. So unsensibel … Füttere auch schön die Katze.

Seit einiger Zeit verspürte er aber wieder diese Unruhe. Er war noch nicht am Ziel, das war noch nicht alles! Die zwei Toten in seinem Park in Texas hatte die Polizei gefunden, das war klar. Er hatte aber kaum noch Erinnerungen an sie. Und man hatte ihn nicht gefangen, zu sehr hatte er seine Spuren verwischt. Nun jedenfalls war dieses Verlangen wieder da, diese Neugier auf etwas Neues. Das Internet würde er nicht mehr dafür nutzen, das war ihm zu unsicher. Er musste sich jemanden suchen, der hier in der Nähe zu finden war. Die Zeit drängte. Jonathan würde in drei Tagen zurückkommen und in dieser Zeit musste es passieren. Wer weiß, wann wieder jemand außerhalb beerdigt werden muss, dachte er grinsend. Plötzlich stand er auf. Eine innere Unruhe zwang ihn, etwas zu unternehmen. Er nahm seine Autoschlüssel und verließ das Haus. Es zog ihn zu den Brücken am Fluss, wo die Junkies sich anboten für schnellen Sex. Wo Obdachlose für ein paar Dollar alles taten, wo sich teure Stoffe mit zerschlissenen Lederjacken trafen, wissend, dass sie hier anonym waren. Hier wollte er sich sein nächstes Opfer holen.

Jack kannte sich hier aus. War er allein in der Stadt, führte sein Weg immer zu den Brücken. Das Leben unter ihnen faszinierte ihn. Diese Haltlosigkeit, diese Freiheit, diese Verruchtheit! Er wusste, dass er in diesem Pool eines Tages ein würdiges Opfer finden würde, und nun war es so weit.

Mehrere Male fuhr er die Straße auf und ab und betrachtete das bunte Treiben. Von Weitem schon fiel ihm ein junger Mann auf. Das heißt, zuerst fiel ihm dessen Frisur auf. Es waren rot gefärbte Haare, die zu einer Art Hahnenkamm frisiert waren. Jack nahm sie als Signal, als Aufforderung. Er beobachtete den Jungen genau, und was er sah, gefiel ihm. Die schlanke, aber sehnige Figur und der geschmeidige Gang erinnerten ihn plötzlich an seinen ersten Liebhaber, an Christopher. Großer Gott, dachte er, das ist zwanzig Jahre her. Was ist alles in der Zwischenzeit passiert! Wie es dem wohl geht …

Er musterte den Typ genau. Die kurze Lederjacke und die engen Röhrenhosen waren offensichtlich sauber, und irgendwie passte der Junge nicht in diese Gegend. Je länger Jack ihn beobachtete, umso mehr war er von ihm fasziniert. Das ist er, dachte er, das ist genau mein Typ. Den könnte ich zum Fressen gernhaben …

Er stoppte den Wagen und wendete. Langsam fuhr er die Straße hinab. Auf Höhe des Rothaarigen hielt er an. Sofort kam ein Mädchen in einem rot-schwarz-karierten kurzen Rock auf ihn zu und klopfte an sein Fenster. Jack ließ die Scheibe herunter.

»Na Süßer, hast du Lust auf ein kleines Abenteuer?«, fragte sie, ihm keck zuzwinkernd.

»Deshalb bin ich hier, Schätzchen. Sorry, aber nicht mit dir. Sag mal, kennst du den mit der roten Frisur?«

Das Mädchen drehte sich um. »Ricky? Klar kenn ich den. Willst du was von ihm?« Sie sah ihn wieder an und seufzte. »Schade. Soll ich ihn holen?«

»Stopp mal«, antwortete Jack. »Wie ist denn der so drauf? Könnte der was für mich sein?«

»Aber ein Bulle bist du nicht, oder?«

»Quatsch, natürlich nicht!« Er holte einen Zehndollarschein heraus und reichte ihn durchs Fenster. »Du weißt doch, wie das läuft, oder? Also, sag mal …«

»Ricky ist eigentlich nicht von hier. Aber ab und zu dealt er hier mit harmlosem Zeug, Pillen und so. Brauchst du was?«

»Ja, einen Mann … und zwar ziemlich schnell, du verstehst?«

»Oh, so eilig? Warte, ich schick ihn rüber. Aber es wird nicht billig, das sage ich dir gleich!«

»Sehe ich aus, als wäre ich auf Schnäppchenjagd? Also, schick ihn rüber und … danke schön.«

Das Mädchen ging mit wippendem Rock zurück unter die Brücke und sprach mit dem Jungen. Der sah auf Jacks Auto am Straßenrand und kam mit lässigem Schritt langsam auf ihn zu.

»Ja …?«

»Hi, ich bin Willy. Schon was vor heute?«

»Worum geht's?«

»Um ein uraltes Spiel, Ricky. Du kennst es und hast es bestimmt schon oft gespielt.«

»Wie hoch ist der Einsatz? Was legst du auf den Tisch?«

»Fünfhundert?«

»Tausend!«

»Du scheinst es wert zu sein«, antwortete Jack und musterte den Jungen von oben bis unten. Dann setzte er sein strahlendes Lächeln auf. »Steig ein, Ricky. Wir fahren zu mir.«

Das Mädchen schrieb die Nummer des davonfahrenden Autos auf, wie sie es Rick versprochen hatte. Man wusste ja nie. Es gibt einfach zu viele kaputte Typen auf der Welt …

Während Jack und Rick durch die Stadt fuhren, landete auf dem kleinen Flugplatz eine Chartermaschine aus Houston. In ihr saßen Inspektor a. D. John Winter und Inspektor Lincoln und machten sich für den Ausstieg bereit.

»In einer Stunde wissen wir Genaueres«, sagte Lincoln zu seinem Exkollegen. Er hatte Winter nach Sioux mitgenommen, um ihn teilhaben zu lassen an der Lösung des Falles Willy Stone, der bis zu seinem spurlosen Verschwinden sein Partner gewesen war. Niemand konnte ahnen, dass Willy erschlagen wurde und der Kannibale Jack Russel in seine Person geschlüpft war.

»Wir wissen jetzt, mit wem Stone damals nach Deutschland gereist ist. Es ist ein gewisser Jonathan Smith, und wir vermuten Willy in seiner Nähe. Die Adresse kennen wir jetzt.«

»Ich kann mir das alles nicht erklären«, antwortete Winter. »Warum sollte Willy in den Westen geflohen sein? Dazu hatte er doch gar keinen Grund!« Er schüttelte den Kopf. »Na, jedenfalls lebt er, und das ist momentan das Allerwichtigste.«

Wie falsch er mit seiner Meinung lag, ahnten beide zu diesem Zeitpunkt noch nicht.

Sie wurden von einem Polizeiwagen abgeholt und zur Hauptverwaltung des FBI gebracht, wo der Einsatz besprochen werden sollte. Während das Auto sich in

Richtung Norden bewegte, fuhr Jack in die südliche Richtung. Auf der Stadtautobahn fuhren beide Autos aneinander vorbei, jeweils vom anderen unbeachtet. Jack hatte das Radio eingeschaltet, einen Countrysender ausgesucht und eine Hand auf Rickys Knie gelegt. Er war in bester Laune. Heute noch geht mein Wunsch in Erfüllung, dachte er, während ein Schauer seinen Rücken herablief und ihm Gänsehaut verursachte. Er sah in das Gesicht seines Nachbarn. Heute ist der liebe Junge dran …

Aber auch Rick war in Stimmung. Er dachte an den Tausender, der schon so gut wie verdient war und den er in Gedanken auch schon ausgab. Solch einen Job wie diesen machte er zwar nicht allzu oft, aber er hatte Erfahrung darin, wie er mit geringstem Aufwand einen Kunden befriedigen konnte. Er ließ zu, dass Jack ihn streichelte, und lehnte sich mit geschlossenen Augen zurück. Mach ruhig, dachte er, umso schneller sind wir nachher fertig!

Der Wagen näherte sich wieder der Stadtgrenze, und Jack dachte an alle die Dinge, die er in den nächsten Stunden mit Ricky tun würde. Die Gedanken überschlugen sich dabei und er wünschte sich, er hätte viel mehr Zeit. Das war übrigens sein größtes Problem: die Zeit. Aber egal, dachte er. Schön ist, dass ich überhaupt die Gelegenheit habe …

Niemand sah, wie er auf Jonathans Grundstück einbog, und niemand sah, wie der junge Mann aus dem Auto stieg und das Haus betrat, das er nicht mehr lebend verlassen sollte. Die notierte Autonummer würde kein Hinweis sein, Jack hatte das Schild vor einiger Zeit gefunden und in seinem Wagen versteckt. Schon da hatte er geahnt, dass er es einmal brauchen würde.

Am anderen Ende der Stadt stiegen Winter, Lincoln und ein Staatsanwalt namens Brook in ein Polizeiauto ein. Ein Mannschaftswagen, besetzt mit sechs schwer bewaffneten Männern, begleitete sie. Winter hatte zwar dagegen protestiert, aber er wurde nicht gehört. Lieber wäre er seinem Freund Willy allein gegenübergetreten und hätte mit ihm gesprochen, aber der hiesige Staatsanwalt hatte den Einsatz so angeordnet. Er wollte sich nicht auf Überraschungen einlassen und hatte die Argumente von Winter nicht akzeptiert.

Ohne Sondersignal fuhren sie auf der Tangente in Richtung Süden. Der dichte Verkehr und die nie endenden Baumaßnahmen gestatteten nur ein geringes Tempo, und so kam die kleine Kolonne nur langsam voran. Während Winter unruhig auf seinem Sitz herumrutschte, sah der Staatsanwalt keine Veranlassung, mit lautem Sirengeheul eilig durch den Verkehr zu brausen – zumal ihm die gestrige Zechtour im Saunaclub jetzt noch Kopfschmerzen bereitete.

Jack Russel hatte unterdessen seinem neuen Opfer im Haus einen Drink angeboten, doch Rick lehnte ab. »Danke, aber lass uns lieber gleich zur Sache kommen«, sagte er. »Was hättest du denn gern?«

»Langsam, langsam, Ricky«, antwortete Jack. »Nur nicht so stürmisch. Ich liebe es, wenn man sich Zeit für die schönste Sache der Welt lässt. Genieße diese Zeit …«

Die Zweideutigkeit der Worte kam bei Rick nicht an. Der dachte nur daran, schnell wieder von hier zu verschwinden. »Und du kennst bestimmt die Regeln«, sagte er und streckte seine Hand in Jacks Richtung. Dabei rieb er seinen Daumen und seinen Zeigefinger aneinander, die bekannte Geste, wenn es um Geld geht.

Jack lächelte. »Aber sicher, na klar doch. Mach dir deswegen keine Sorgen, ich hole es gleich.« Er hatte während der Fahrt überlegt, wo er Ricky töten würde, und kam zu dem Ergebnis, dass nur das Badezimmer dafür in Frage kam. Allerdings kam ihm auch kurz der Gedanke, Ricky für sich zu gewinnen und mit ihm eine Partnerschaft zu beginnen und dafür Jonny zu opfern, aber sofort verwarf er diese Idee wieder. Der Junge war zu grün für ihn, zu unerfahren. Außerdem brauchte er Jonathan noch. Wenn der jetzt plötzlich verschwand, war auch er hier nicht mehr sicher. Also doch Plan A, dachte er und legte seinen Arm um Rickys Schulter. »Komm mit ins Schlafzimmer und lass mich nur machen …«

Die Abfahrt war frei, und so konnte der Konvoi der Polizei ungehindert die letzten zwei Meilen zu Jonathan Smiths Haus fahren. Vor einer Buschgruppe, die vom Grundstück aus nicht einsehbar war, hielt der Van mit den vermummten Polizisten. Die Beamten stiegen aus und verteilten sich, ständig Deckung suchend, um das Haus. Während sich der Ring zusammenzog, fuhren Brook, Winter und Lincoln vor die Tür und verließen den Wagen. Bevor sie klingelten, sahen sie sich noch einmal um. An den Ecken standen, die Waffen im Anschlag, die anderen Männer und warteten auf einen Befehl ihres Einsatzleiters.

Der Staatsanwalt drückte den Klingelknopf. Nichts rührte sich. Er läutete, aber aus dem Haus kam keine Reaktion. »Es müsste aber jemand da sein«, flüsterte er und deutete auf Jacks Wagen.

Winters Spannung stieg. Nur er kannte Willy Stone persönlich, nur er war in dieser Runde sein Freund. Was würde ihn in den nächsten Minuten erwarten? Wie würde Willy reagieren? Er machte einen Schritt nach vorne, und klopfte energisch an die Tür. Der Staatsanwalt sah ihn strafend an. »Das ist immer noch mein Job«, zischte er und hieb mit seiner Faust gegen die Tür. Aber dahinter blieb alles still.

Jack hatte den CD-Player mit ins Schlafzimmer genommen und Sonaten von Beethoven eingelegt. Diese kraftvolle Musik passte zu seiner Stimmung. Dieses Hämmern auf die Tasten, diese Dynamik, die von den Instrumenten ausging, wühlte ihn auf und beflügelte ihn zu seiner nächsten schaurigen Tat. Zu sehr war er damit beschäftigt, zu sehr war er wieder eingetaucht in die Welt, in der er schon einmal gewesen war, damals, als er Ted tötete und später mit Daniel aß. Aber er dachte nicht mehr daran, sondern konzentrierte sich auf sein nächstes Opfer. Er wollte sein Tun dieses Mal filmen, um sich an dem Video zu ergötzen, später, wenn er allein zu Hause sitzen und an Ricky denken würde, bis er wieder ein neues Opfer hatte. So beschäftigt, bekam er von den Vorgängen vor seinem Haus nichts mit.

Ricky beobachtete indes das Treiben von Jack mit Unbehagen. »He, was soll das?«, fragte er, als er die Kamera sah, die Jack gerade auf ein Stativ montierte. »Was hast du mit der Kamera vor? Willst du uns beim Sex filmen? Das finde ich gar nicht gut!«

»Beruhige dich, mein Junge. Was ist denn schon dabei? Wir schauen uns anschließend den Film gemeinsam an. Was meinst du, wie viel Spaß wir noch haben werden.«

»Aber anschließend löschen wir das Band wieder, okay? Ich habe keinen Bock darauf, das irgendwo plötzlich dieses Video auftaucht!«

»Versprochen«, log Jack mit festem Blick und schaltete das Gerät ein. Dann zog er Rick aufs Bett.

Was dann kam, hatte Jack sich gedanklich alles längst zurechtgelegt. Mit einem Schwung setzte er sich auf den Brustkorb des unter ihm Liegenden. Ehe Rick sich versah, spürte er Jacks Hände, die seinen Hals mit stählernem Griff umklammerten und ihm den Atem raubten. Er hatte keine Zeit zu begreifen, was mit ihm passierte. Reflexartig schlug er mit den Armen um sich, aber er konnte seinen Peiniger nicht erreichen. Sein Körper spannte sich. Die Augen traten aus den Höhlen und seine Beine schlugen auf den Boden, bevor der Körper kapitulierte und er Sekunden später schlaff auf dem Bett lag. Jack hatte den Kampf genau beobachtet und löste seinen Griff. Dann nahm er Ricks linke Hand und suchte den Puls. Zufrieden grinste er. Ganz schwach, kaum spürbar, floss das Blut durch den ohnmächtigen Körper. Jetzt hatte er die totale Gewalt über sein Opfer. Er ging ins Bad, stellte die Kamera dort auf und hängte die Badezimmertür aus. Diese legte er über die Wanne und betrachtete sie mit zusammengekniffenen Augen. So müsste es gehen, dachte er und drehte sich um. Er ging zurück ins Wohnzimmer, richtete Ricky auf, hievte ihn über seine Schulter und trug ihn ins Bad. Vorsichtig legte er ihn auf das Türblatt und begann sein Opfer zu entkleiden. Sein Blick ging zu den Messern, die er sich vorher zurechtgelegt hatte, als ihn plötzlich ein lauter Knall aus seinen Gedanken riss. Er drehte sich blitzartig zur Türöffnung und sah zwei Sekunden später die schwarzen Gestalten. Die lauten Kommandos, die ihn aufforderten, sich hinzulegen, hörte er wie im Traum, als er hart zu Boden geworfen wurde. Ehe er wusste, was los war, lag er gefesselt auf den kalten Fliesen. Sein Kopf lag seitlich, und so konnte er nur die Schnürstiefel der Männer sehen, die um ihn herum standen. Da begriff er, dass man ihn gefangen hatte. Aus. Vorbei. Nichts geht mehr. Er musste plötzlich an einen Spieler denken, den er in einem Hotel in Deutschland kennengelernt hatte und der Damiano Torino heißt. Rien ne va plus.

Schlagartig war er sich seiner Lage bewusst und augenblicklich überkam ihn die Angst davor, was nun mit ihm geschehen würde. Winter, der Staatsanwalt, und Lincoln betraten den Raum. Sofort überblickten sie die Situation. Der ohnmächtige, halb entkleidete Mann auf dem Brett über der Wanne und die scharfen langen Messer sprachen eine deutliche Sprache.

»Mein Gott, was geht hier vor?«, entwich es dem Staatsanwalt. Auch die anderen beiden sahen fassungslos in den Raum.

»Umdrehen«, befahl Brook.

Zwei Beamte packten den am Boden Liegenden und drehten ihn auf den Rücken.

»Willy, was geht hier vor?«, stöhnte Winter und beugte sich hinab. »Das … das … äh … das ist nicht Willy«, stammelte er und sank auf die Knie. »Jack …«, hauchte er kaum hörbar. »Das ist Jack Russel! Der Kannibale von Texas … mein … mein … Neffe.«

Er griff sich an die Brust. Dann fiel er um. Sein Herz hörte einfach auf zu schlagen. Inspektor John Winter war tot.

Torino war aufgewacht und tastete mit der Hand seinen Kopf ab. Der Überfall vom Vorabend steckte ihm zwar noch in den Knochen, aber trotzdem ging es ihm schon wesentlich besser. Er stand auf, ging ins Bad und machte sich fertig. Sein Gesicht betrachtend, dachte er daran, wie er den Tag nutzen sollte. Geld, erst einmal brauche ich wieder Geld, dachte er. Mit dem eingesauten Anzug lässt mich keine Spielbank an den Tisch. Zuerst muss ich zum Automaten von gestern, vielleicht spuckt der noch etwas aus. Er frühstückte flüchtig und betrat die Straße. Mit seinem letzten Geld nahm er das Taxi, das wie gerufen vor dem Hotel stand.

Torino sagte dem Fahrer das Ziel, und ohne Eile fuhr das Auto in die Innenstadt. Es war derselbe Automat, den Torino am Vorabend benutzt hatte. Sein getrocknetes Blut klebte noch daran und auch der Boden war noch damit beschmutzt. Es war ein beklemmendes Gefühl für ihn, sein eigenes Blut zu sehen, und zum ersten Mal in seinem Leben bekam er Angst. Angst davor, es nicht zu schaffen. Angst davor, einmal nicht mehr zurückzahlen zu können. Die Aktion gestern … diese Erfahrung war neu für ihn. Klar, er konnte so manches Mal nicht pünktlich zurückzahlen, aber irgendwie hatte er immer eine Lösung gefunden, war immer wieder aufgestanden, aber zusammengeschlagen worden war er noch nie.

Er zog seine Goldcard aus der Tasche und schob sie erwartungsvoll in den Schlitz. Als auf dem Bildschirm die Frage erschien, welchen Betrag er wünschte, kam plötzlich Hoffnung auf. Er tippte wieder zweitausend Euro ein. Im Kasten ratterte es und die Karte kam heraus. Er hat sie nicht einbehalten, schoss es ihm durch den Kopf. Das ist ein gutes Zeichen. Wieder ratterte es im Inneren und einen Augenblick später erschienen die Scheine. Als könnte der Automat es sich wieder überlegen, zog Torino das Geld blitzartig heraus. Er trat einen Schritt zurück und wollte es nicht glauben, wieder so viel Bares in der Hand zu halten. Woher dieses Geld kam, wusste er nicht. Er wusste nur, dass sein Konto hoffnungslos überzogen war. Aber egal, solange der Automat was hergab, sollte es ihm egal sein. Torino sah durch die Scheibe nach draußen. Plötzlich war wieder diese Angst da, und er suchte nach den unbekannten Männern vom Vorabend. Aber nur sein Taxi war zu sehen. Er riss die Tür auf und sprang, wie auf der Flucht, aus dem kleinen Raum. Mit drei Schritten war er am Auto und stieg ein. Noch bevor er die Tür geschlossen hatte, nannte er den Namen eines Herrenausstatters in der Stadt. Er knallte die Tür zu und fiel auf den Sitz. Der Fahrer schaute in den Innenspiegel und sah Torino mit geschlossenen Augen auf der Rückbank sitzen. Dann fuhr er los. Total verrückt, diese Deutschen, dachte er. So etwas gibt es in Bagdad nicht …

Zwei Stunden später betrat Torino das Kasino. Er war neu gekleidet und hatte sich auf dem Boulevard die Schuhe putzen lassen. Jetzt fühlte er sich wieder gut. Jetzt war er wieder stark genug, um zu siegen, um zu gewinnen und damit alle anderen auszuknocken. Das Personal hatte die Schicht gewechselt, und so kannte ihn niemand. Es war noch leer und nur vereinzelt war ein Tisch besetzt. Torino war es lieb. Er musste Geld verdienen, ohne Aufsehen zu erregen und ohne sich lange aufzuhalten. Gewinnen und raus aus der Stadt, dachte er. Dem Gesetz der Serie folgen – und weg.

Möller, der Vorstand von Torino's Hausbank, rief seinen Sachbearbeiter Lehmann zu sich. »Was gibt es in Sachen Torino?«, fragte er. »Wie ist der Stand?«

»Der Kunde hat zwischenzeitlich Geld über einen Automaten gezogen.«

»Wie viel?«

»Drei Mal zweitausend Euro, also sechstausend.«

»Gut, gut, Lehmann. Einzahlungen?«

»Keine, schon mittlerweile dreieinhalb Monate ist nichts mehr eingegangen.«

»Gut, gut.« Möller nickte nachdenklich mit dem Kopf. Gedankenversunken saß er da und ließ den stehenden Lehmann unbeachtet. Der blätterte verlegen in der Akte Torino. Möller sah auf. »Danke, Sie können gehen.«

Der Sachbearbeiter drehte sich um und wollte gerade das Büro verlassen, als Möller ihn zurückrief. »Ach, Lehmann, lassen Sie ihn Geld ziehen, so viel er will, ist das klar? Ich übernehme den Kunden. Lassen Sie die Akte hier.«

Lehmann nickte und ging. »Selbstverständlich, Chef …«, murmelte er draußen auf dem Gang.

Möller nahm den Telefonhörer ab und wählte die Nummer seines Hausanschlusses. Am anderen Ende ging seine Frau Maria nach mehrmaligem Klingeln ran. »Möller.«

»Hier auch. Maria, hör mal zu: Jaqueline geht doch im August nach München zum Studium. Ich kann demnächst supergünstig eine Wohnung in Schwabing kaufen. Aus einer Zwangsversteigerung heraus.

Das heißt, so weit werde ich es gar nicht erst kommen lassen! Vorher werde ich sie als unsere Sicherheit verwerten, ich kriege das schon hin. Ein Kunde von uns kann nicht mehr zahlen. Der arme Kerl hat sich offensichtlich übernommen, mit Krediten. Na ja, soll nicht mein Problem sein. Jedenfalls bin ich der Ansicht, wir sollten dem Kind die Wohnung zum Studienanfang schenken, was meinst du?«

»Ludwig, das ist eine schöne Idee! Wir hätten sowieso eine Wohnung für sie mieten müssen. In einem Heim hätte sie keine Ruhe für ihr Studium, das weißt du. Wie viel kostet die Wohnung denn?«

»Weit unter der Hälfte des Marktpreises, Maria. Ich mache das schon. Ach, übrigens: Es wird spät heute, warte nicht auf mich. Vorstandssitzung.« Er legte auf und dachte an die kleine Friseurin von gegenüber. Ich werde ihr heute Abend ein goldenes Armband kaufen, freute er sich …

Torino verließ das Kasino mit siebentausend Euro in der Tasche. Er hatte aufgehört, bevor die Spätschicht kam und ihn erkennen würde. Vielleicht kam der Tipp an Scheibes Leute sogar aus diesem Hause, hatte er plötzlich spekuliert und sich die abenteuerlichsten Zusammenhänge ausgemalt. Dann war er in Panik geraten und hatte das Spiel beendet. Er sah zur Uhr. Es war noch genügend Zeit, die Stadt zu verlassen und mit einem Leihwagen weiterzufahren. Wenn ich in einer Stunde hier wegkomme, dachte er, kann ich noch heute Abend in Zürich sein. Dort war ich schon lange nicht mehr. Er hatte es plötzlich sehr eilig.

»He, Steffi, was ist los mir dir? Du machst schon seit Tagen einen schlechten Job!« Der Türsteher vom »Pussy Rouge« sah Stefania tadelnd an.

»Lass mich in Ruhe, du Idiot«, fauchte Steffi zurück.

»Na, na! Werd mal nicht zickig. Die Kundschaft meckert schon. Also, was ist los?«

Stefania brach plötzlich in Tränen aus. »Dieser Schuft! Dieses miese Schwein!«, schluchzte sie.

Max, der Türsteher, nahm seine Hände aus den Taschen und spannte seine Muskeln an. Er baute sich vor Steffi auf. »Wer? Ist er hier?« Er sah sich um.

»Nein, nein. Es hat nichts mit der Bar zu tun.«

Max hielt die Spannung. »Stefania! Sag endlich, was los ist!« Er fasste ihren Arm fest an.

»Lass mich los, Blödmann.« Sie wollte sich losreißen, aber der Griff war stahlhart.

»Rede!«

Erneut füllten sich Stefania Augen mit Tränen. »Er hat mich betrogen.«

»Dein Freund?« Max ließ den Arm los und grinste.

»Ich habe keinen Freund! Aber ein Kunde von mir, ein Börsenmakler, hat mir versprochen, mein Geld gewinnbringend anzulegen. Und nun ist er weg. Seit einer Woche ist er überfällig. Er meldet sich nicht einmal, und ich komme auch nicht an ihn ran.«

»Scheiße! Wie viel hast du ihm denn gegeben?«

»Fünfzigtausend Euro«, log Stefania.

Max pfiff durch die Zähne. »So viel Geld hast du?«

»Hatte ich, mein Lieber, hatte ich.«

»Und, was willst du tun?«

»Keine Ahnung.« Stefania heulte erneut los.

»Mensch, Steffi, du bist doch ein Profi! Wie konnte das denn passieren? Einem wildfremden Kerl fünfzig Riesen geben! Meine Herren … Soll ich mich kümmern?«

Stefania sah Max mit verschmierten Augenlidern an. »Wie willst du mir denn helfen?«

»Ich und meine Brüder vom Club kennen eine Menge Leute.« Er deutete mit seinem Kopf auf die Harley Davidson, die hinter dem Haus stand. »Wir haben Freunde in ganz Deutschland. Und wenn der Typ hier im Lande ist, finden wir ihn auch. Dann bringen wir ihn hierher, er gibt dir dein Geld zurück, und alles ist wieder geritzt. Das ist alles. Ach so, wenn du willst, kannst du ihm noch eine kleben …«

»Das würdest du wirklich machen?«, fragte sie. »Meinst du wirklich, du kriegst das auf die Reihe?«

»Unterschätze uns nicht! Hast du ein Foto von ihm?«

»Nein, kein Foto und keine Nummer.«

»Aber seinen Namen?«

»Wenn der stimmt: Torino, Damiano Torino. Aber selbst da bin ich nicht mehr sicher.«

»Itaker?«

»Nein, Deutscher mit italienischen Vorfahren.«

»Irgendein Wohnort? Mensch, Steffi! Lass dir doch

nicht jedes Wort aus der Nase ziehen! Was weißt du sonst noch von ihm?«

Stefania sagte alles, was sie von Damiano wusste. Ohne sich Notizen zu machen, merkte Max sich alle Einzelheiten, die sie ihm aufzählte. Er war sich sicher: Den Mann würden sie kriegen.

»Okay«, sagte er, als sie mit ihren Ausführungen fertig war. »Morgen Abend haben wir Meeting im Clubhaus, und da spreche ich das Ding an. Dann rollt die Welle los. Fünfzigtausend Euro sagst du? Über den Finderlohn reden wir, wenn das Geld wieder da ist.«

Neben Scheibes Leuten wurde Torino jetzt auch von Rockern gejagt, und es wurde ein Wettlauf, ohne dass die Jäger voneinander wussten. Eine Schlinge legte sich um Torino's Hals, aber noch fühlte der sich ziemlich sicher.

Wie es Torino geplant hatte, erreichte er noch am Abend Zürich und besuchte dort das Kasino. Er spielte souverän und lässig. Wieder türmten sich die Jetons stapelweise an seinem Platz, und wieder vergaß er alles um sich herum. Das Glück war auf seiner Seite, und auch hier beobachtete man ihn mit Bewunderung. Wieder waren da die ihm bekannten Reaktionen seiner Tischnachbarn, die ihm so guttaten. Torino spielte die Nacht durch, gewann seine Spiele und seine alte Selbstsicherheit zurück.

Den Mann, der im Nebenraum stand und ihn nicht aus den Augen ließ, bemerkte er nicht. Mit Wohlwollen registrierte der die Spiele, die Torino machte, und die Chips, die er dafür kassierte. Er selbst fütterte die Black-Jack-Automaten und ließ ihre bunten Scheiben rotieren. Ob sie dieselben Symbole anzeigten oder nicht – das war ihm egal. Die Hauptsache war, er verlor den Mann von nebenan nicht. Der riecht verdammt nach Geld, sagte er sich. Der spielt hier nicht mal einfach so. Der weiß, was er tut. Der muss irgendein System kennen – oder er spielt falsch. Mit Glück kann das doch nichts zu tun haben! Er sah auf seine Armbanduhr und registrierte mit Genugtuung, dass die Schließung des Kasinos bald bevorstand. Gewinn du ruhig, dachte er. Zock sie hier ab, und lass dir die Kohle auszahlen. Er lächelte innerlich. Es soll dein … mein Schaden nicht sein! Mit der linken Hand fischte er ein Handy aus seiner Tasche und wählte eine Nummer.

»Boss? Igor? Hör zu: Ich habe gefunden neues Goldstück. Hier in der Stadt ist großes Fisch. Ich sage: Solches Ding hast du noch nicht gesehen. Der ist wirklich ganz dick. Wie Fisch in Wolga im Herbst. Was machen wir?«

Igor streichelte einer jungen Schönheit, welche gerade auf seinem Schoß saß, den nackten Oberschenkel und blickte auf ihr üppiges Dekolleté. »Das ist ja mal wieder eine gute Nachricht. Du bleibst an dem Jungen dran und behältst ihn im Auge. Steht dein Wagen in der Nähe?«

»Da, direkt vor Haus.«

»Das ist gut. Ich schicke dir sofort Natascha zur Verstärkung vorbei. Ihr beide seid ab sofort für ihn verantwortlich! Passt auf, dass ihm nichts passiert.

Morgen kümmere ich mich um ihn, verstanden? Und Kolja, mein Bester, lass die Finger von dem Mädchen.« Er legte auf, beugte sich vor und griff sich den verzierten Silberlöffel, der in dem Glas mit dem Beluga-Kaviar steckte. Vorsichtig, damit von der Kostbarkeit nichts verschüttet wurde, schob er ihn in den kitschroten Mund seiner für diese Nacht Auserwählten.

Torino wechselte seine Jetons an der Kasse in Geldscheine und verließ das Kasino. Da es jetzt schloss, fiel ihm der junge Mann nicht auf, der dicht hinter ihm das Haus verließ. Genauso wenig bemerkte er das Auto, das seinem Taxi bis vor das Hotel folgte. Torino war müde und wollte nur noch in sein Bett. Zwei Kasinos an einem Tag, die Fahrt dazwischen und die Vorgänge der letzten Tage waren zu viel für ihn. Die Gewinne, die er an diesem Tage gemacht hatte, konnten ihn nicht über seine Müdigkeit hinwegtrösten. Er war ganz einfach völlig ausgebrannt.

Torino bezahlte das Taxi und ging an dem grüßenden Portier stumm vorbei. An der Rezeption musste er warten, da die Empfangsdame im Nebenraum telefonierte. Nervös trommelte er mit seinen Fingern auf die Marmorplatte, als neben ihm plötzlich eine Frau stand. Torino bemerkte zuerst den Duft, der von ihr ausging. Er drehte sich um und sah in zwei Augen. Die Exotik, die von ihnen ausging, haute ihn förmlich um, und auf einmal war er hellwach.

»Es ist im Augenblick niemand da«, sagte er und ärgerte sich sofort über seine Worte, da die Frau selbst sehen konnte, dass die Rezeption unbesetzt war. »Sie warten auch auf Ihren Schüssel?«, versuchte er es erneut.

Die Augen der Unbekannten verdunkelten sich leicht, als sie mit klarer Stimme antwortete: »Ich habe es nicht eilig.«

Der Schweizer Dialekt, verbunden mit ausländischem Akzent, machte Torino neugierig. »Sie machen hier Urlaub?«

»Nein, nein«, wehrte die Frau lächelnd ab. »Ich bin beruflich hier in der Stadt. Für die schöne Architektur habe ich leider keine Zeit.« Sie strich sich eine Strähne aus ihrer Stirn. »Und Sie?« Die Unbekannte musterte ihn. »Nach einem Urlauber sehen Sie auch nicht gerade aus.«

Torino setzte wieder sein Lächeln ein. »Ich bin geschäftlich hier. Noch ein, zwei Tage und ich muss zurück nach München.«

»München? Da war ich noch nie. Boston, Paris, Moskau – überall war ich schon. Aber für München hat es noch nicht gereicht.«

»Moskau kenne ich wiederum noch nicht«, sagte Torino. In diesem Augenblick kam die Dame vom Empfang um die Ecke. »Guten Abend.«

»Guten Abend«, entgegnete Torino. »1609 bitte.«

Während sich die Hotelangestellte umdrehte, um den gewünschten Schlüssel zu holen, sah Torino der Schönen offen ins Gesicht. »Haben Sie noch Lust, mir von Moskau zu erzählen? Ich würde Sie dazu gern in die Bar einladen!« Er nahm den Schlüssel an sich und steckte ihn in seine Anzugtasche.

Die fremde Frau neigte ihren Kopf zur Seite und sah Torino scheinbar nachdenklich an. »Warum eigentlich nicht?«, sagte sie. »Sie scheinen ein seriöser Herr zu sein. Aber nur auf ein Glas!« Sie lächelte und trat einen Schritt zurück.

»Wie Sie wünschen … bitte schön.« Auch er trat vom Tresen zurück und drehte sich in Richtung Bar. Während sie einen halben Schritt vor ihm ging, versuchte Torino sie unauffällig zu taxieren. Ihr enges graues Kostüm unterstrich ihre Körperlinie und verhüllte ihre Reize, um sie doch ahnen zu lassen. Ihr Parfum, das ihn erst auf sie aufmerksam gemacht hatte, umstrich die beiden bei jedem Schritt. Diese Frau ist eine Sensation, dachte Torino beschwingt. Wer ist sie, woher kommt sie? Was macht sie? Auf gar keinen Fall ist sie eine von den Professionellen, die in den Hotels Männer ansprechen, dachte er. Dafür hat sie viel zu viel Stil! Dieses Kostüm drückt Business der Spitzenklasse aus. Ich muss sie kennenlernen. Wer weiß, welche Möglichkeiten sich noch für mich durch sie ergeben.

Sie erreichten die Bar. Zu diesem Zeitpunkt war sie wenig besucht, und Torino steuerte auf eine Ecke zu, die weit weg vom Tresen lag. Hier versprach er sich die intime Atmosphäre, die er zum Kennenlernen der geheimnisvollen Frau brauchte. Hier wollte er sie für sich gewinnen. Steffi und ihr Geld waren vergessen. Für ihn gab es nur noch diese Stunde, diese Chance. Vielleicht diese Nacht?

Dass die Unbekannte keinen Schlüssel für ihr Zimmer verlangt hatte, war ihm entgangen.

Nach der üblichen unverbindlichen Plauderei zu Beginn wurde Torino direkter. Sie hatten sich über Länder und Leute unterhalten und Jelena – so hatte sich die Frau vorgestellt – hatte dabei mit großer Kenntnis brilliert. Sie erzählte, dass sie ursprünglich aus Sarajevo kam, einige Jahre in Moskau studiert hatte und nun für einen der größten Medienkonzerne der Welt arbeitete. Torino hatte sie mit Witz und Charme zum Lachen gebracht und so eine gewisse Nähe geschafft. Er ließ eine Flasche Champagner kommen, und Jelena hatte nicht protestiert. Sie hatten auf ihr Kennenlernen angestoßen und auf Du getrunken, wobei Damiano den berühmten Kuss dabei verlangte. Jelena wich ihm jedoch aus und ließ nur einen leichten Hauch auf ihre Wange zu. Trotzdem sah Torino es als einen Sieg an, so dicht an sie herangekommen zu sein. Sein Interesse an Jelena war gewachsen, und er überlegte, wie er noch näher an diese wunderbare Frau gelangen konnte. Nachdem sie ihm erklärt hatte, dass sie schon am nächsten Tag nach New York fliegen müsse, schien ihm die Zeit wegzulaufen. Zu gerne hätte er diese Nacht festgehalten, und so suchte er nach Worten, mit denen er Jelena in sein Zimmer locken konnte, aber er hatte Angst, sie zu verschrecken. So schlich er um den berühmten heißen Brei herum und versuchte mit kleinen Gesten, ihr zu imponieren. Als sie zuließ, dass er ihre Hand streichelte, sah er sich am Ziel. All seine

Sehnsucht legte er in seine Stimme, als er sie fragte, ob sie einen Blick über die Stadt aus seinem Zimmer genießen wolle. Ihr Lachen daraufhin war wie das Perlen des Getränkes in ihren Gläsern.

»Sechzehnter Stock, wenn ich richtig gehört habe, nicht wahr? Die Aussicht ist mit Sicherheit schöner als die aus meinem Fenster, da ich nur im neunten Stock wohne. Also, abgemacht!«

Yeah! jubelte er schon innerlich. Auf einmal hatte er es eilig. Er nahm sein Glas und hob es erneut in die Höhe. Sie stießen ein letztes Mal miteinander an und tranken die Gläser leer. Dann standen sie auf, um die Bar zu verlassen. Als sie am Tresen vorbeikamen, zeigte er seine Schlüsselnummer vor und ließ das Getränk notieren.

»Stellen Sie mir bitte noch einmal dasselbe vor meine Tür«, raunte er dem Ober leise zu. Jelena, die eigentlich Natascha hieß, ließ Torino im Glauben, nichts von der Bestellung mitbekommen zu haben. Sie hatte sich diskret weggedreht, als Torino an den Kellner herangetreten war, und auch sie beglückwünschte sich innerlich, obwohl sie sich ihres Sieges von Anfang an sicher gewesen war. Igor wird zufrieden sein, dachte sie. Er wird sich wieder großzügig zeigen …

Zusammen verließen sie die Bar und begaben sich zum Aufzug. Noch vermied es Torino, Jelena zu umfassen. Erst im Zimmer, sagte er sich und dachte an die neue Flasche Champagner, die sein Helfer sein sollte. Oben angekommen, bogen sie in den langen Gang zu den Zimmern, und tatsächlich stand neben

Torinos Zimmertür ein kleiner Rollwagen mit dem gewünschten Getränk. Eisgekühlt, mit zwei Gläsern und einer Schale Obst, lud das Ensemble zu einer sinnlichen Zeit ein. Als sie beide den Wagen sahen, lachten sie wie auf Kommando los, und die letzten Barrieren, die eigentlich gar keine waren, fielen von ihnen ab. Sich gegenseitig den Arm um die Taille legend, gingen sie die letzten Schritte bis zu seiner Tür. Torino öffnete sie und ließ Jelena den Vortritt. Dann schob er den kleinen Wagen in sein Zimmer und schloss die Tür. Natascha trat ans Fenster und sah auf die nächtliche Stadt, während Torino sein Sakko auszog. Die Geldscheine knisterten, als er es in den Schrank im Flur hängte, doch er nahm das Geräusch nicht wahr. In seinen Gedanken war er schon ein Schritt weiter. Er schaltete die Stehlampe ein und das grelle Deckenlicht aus. Dann trat er auf Jelena zu. Sie drehte sich zu ihm um und legte ihre Arme um seinen Hals.

»Du wirst mich morgen dafür hassen für das, was wir hier heute tun«, sagte sie wieder mit ihrer klaren Stimme, die jetzt gar nicht so zu der Stimmung passte.

»Niemals«, antwortete Torino »Schon als ich dich unten in der Halle sah, hatte ich den Wunsch, dich unbedingt kennenzulernen. Es waren deine Augen, die mich in ihren Bann gezogen hatten. Und …«, er zog sie an sich heran und sog den Duft ihres Haares tief ein, » und dein Parfum.«

Ein letztes Mal wich sie zurück. »Dann lass uns anstoßen, auf dich, auf mich und diese Nacht. Trinken wir auf den Erfolg unserer Geschäfte und unsere Gegner. Na katastrowskie …« Sie sprach den Trinkspruch absichtlich verkehrt aus.

Torino sah sie verständnislos an. »Ich habe keine Gegner«, sagte er.

»Oh doch«, entgegnete sie mit Bestimmtheit. »Glaube mir, die hast du …!«

Als Torino am nächsten Tag aufwachte, lärmte draußen schon lange der Verkehr. Er lag auf der Seite und sah auf seine Hose und seine Schuhe, die er noch immer anhatte. Auch sein Hemd trug er noch, allerdings war es fast bis zur Hälfte aufgeknöpft. Wie ein Stein lag er da. Bleischwer, kaum einer Bewegung fähig, versuchte er sich zu orientieren. Er erkannte sein Hotelzimmer und langsam kam auch die vage Erinnerung an die letzte Nacht zurück. Stückweise arbeiteten sich seine Gedanken vor bis zu dem Augenblick, in dem er die Flasche Champagner geöffnet und die Gläser gefüllt hatte. Irgendwann, kurz danach war er auf die Toilette gegangen, das wusste er auch noch. Und wie sie dann getrunken hatten, Jelena und er. Danach brachen seine Erinnerungen ab. So sehr er sich auch bemühte, er wusste nichts mehr. Jelena! Mein Gott, was ist passiert? Was habe ich getan? Was haben WIR getan? Mit einem Blick erfasste er, dass er allein im Zimmer war. Er versuchte langsam aufzustehen und tatsächlich gelang es ihm. Sein Schädel schmerzte, und er schob es auf den Alkohol. Torino erhob sich und ging ins Bad. Sein Blick blieb an den Champagnergläsern hängen, die auf der Konsole unter dem Spiegel standen. Offensichtlich waren sie abgewaschen und abgetrocknet worden. Warum? fragte er sich. Dann sah er die Flasche, die noch fast voll auf dem Boden stand. Er fasste sich an seinen Kopf und wankte. Was zum Teufel war hier los? Er beugte sich und hob die Flasche auf. Dann roch er daran. Der Geruch widerte ihn an. Die Flasche umdrehend, ließ er den Inhalt in das Waschbecken laufen. Dann ließ er sie einfach im Becken stehen und ging hinaus.

Er setzte sich auf sein Bett und massierte sich die Schläfen. Das ist kein Kater, resümierte er. Nicht von einer Flasche Schampus! Was ist denn bloß passiert? Da fiel ihm sein Geld ein, der Gewinn, den er am Vortag gemacht hatte. NEIN! schrie es in ihm. Nicht das! Mit einem Ruck stand er auf, und der Körper quittierte diese Bewegung mit Schmerz. NEIN! NEIN! NEIN … Bei jedem Schritt schrie es immer wieder dieses Nein. Es konnte nicht sein! Es durfte nicht sein! Er riss die Schranktür auf. Sein Sakko hing noch so auf dem Bügel, wie er es hingehängt hatte. Aber wusste er überhaupt, WIE er es in den Schrank gehängt hatte? Er tastete hektisch die Taschen von außen ab, aber fühlen konnte er nichts. Da riss er die Jacke vom Bügel und fuhr mit seiner Hand in den Stoff. Jetzt wusste er, dass er nichts finden würde, aber er wollte es noch nicht wahrhaben. Eine Tasche nach der anderen und dann noch einmal von vorn durchsuchte Torino das Kleidungsstück. Nichts! Erschöpft sank er auf den Boden.

Er konnte keinen klaren Gedanken fassen, doch auf einmal erinnerte er sich an Jelenas Worte: »Du wirst mich morgen hassen«, hatte sie gesagt. Gestern konnte er diesem Satz keine Bedeutung beimessen, aber jetzt hatte er plötzlich Sinn. Im Moment allerdings war er nicht einmal in der Lage zu hassen, zu sehr machten ihm noch die K.-O.-Tropfen zu schaffen, die ihm Jelena in seiner kurzen Abwesenheit in sein Glas geschüttet hatte.

Nachdem Torino wieder richtig klar denken konnte, brach er erneut zusammen. Voller Verzweiflung saß er auf dem Fußboden und schlug seinen Kopf gegen die Wand. Warum? fragte er sich immer wieder. Warum ich? Warum werde ich so bestraft? Warum passiert mir das? Dabei suchte er keine Antworten auf die Fragen, sondern vielmehr brach die Tragweite des erneuten Verlustes seines Geldes über ihn herein. Alle Gläubiger reihten sich plötzlich in seinen Gedanken vor ihm auf: Scheibe, die Leasingfirma, die Bank, Steffi und und und … Überhaupt: Steffi! Was hatte sie für ein Vertrauen in ihn gesteckt! Und wie hatte er reagiert? Nicht einmal gemeldet hatte er sich bei ihr! Sie wollte aussteigen aus dem Geschäft, und er? Er hatte ihr vorgegaukelt, ihr leicht und schnell Geld besorgen zu können! So ging es schon sein ganzes Leben lang. Spielen, gewinnen, verlieren, borgen, versprechen, zocken, protzen! Ist das jetzt hier die Strafe? fragte er sich. Habe ich nicht viele Menschen vor den Kopf gestoßen? Und überhaupt: Kann ich noch leben, ohne zu spielen? Ohne Kasino? Ohne dieses Rien ne va plus? Wo ist meine Glückssträhne geblieben? Und … hatte ich sie überhaupt? Habe ich mir nicht all die Zeit etwas vorgemacht? Er stützte seinen Kopf in seine Hände und weinte. Die Tränen liefen die Handflächen hinab, sammelten sich an seinem Kinn und tropften auf seine Brust. Was bin ich nur für ein Mensch? Bin ich nicht ein Schwein? Ein Gauner, ein Betrüger bin ich! Ein Taugenichts! Was habe ich denn schon in meinem Leben auf die Reihe gekriegt? Spielen kann ich! Ich kenne mich aus in allen Kasinos hier. Nicht die Bretter bedeuten die Welt, sondern die Teppiche der Kasinos! Sie sind meine wirkliche Welt! Oder nur meine Scheinwelt? Ich mache doch nur mir und allen anderen etwas vor! Torinos Gedanken wirbelten in seinem Kopf herum, und er wusste nicht, was gut und was schlecht war. Er hatte keine Ahnung, wer sein Freund und wer sein Feind war, und an wen er sich wenden sollte. Auf einmal erkannte er, dass er einsam war – und krank. Ich muss aufhören zu spielen, sagte er sich. Es muss Schluss sein! Sofort höre ich damit auf. Heute noch! Aus! Vorbei! Doch wie bezahle ich morgen mein Zimmer? Wovon ernähre ich mich heute?

Die Enttäuschung über Jelena kam dazu. Was für eine Frau, dachte er. Und so eine falsche Schlange! Zur Polizei brauche ich gar nicht erst gehen. Der Name ist garantiert falsch, und im Hotel wird sie auch niemand kennen. Doch wie kam sie überhaupt auf mich? Ich habe sie doch erst hier am Empfang kennengelernt. Und woher wusste sie vom Geld in meinem Anzug? Je mehr er darüber nachdachte, umso mehr kam er zu dem Schluss, doch nach dieser Frau zu forschen. Vielleicht gibt es eine Spur, hoffte er im Stillen. Ich fange hier im Hotel an. Vielleicht weiß die Dame vom Empfang etwas. Torino hatte auf einmal das Gefühl, Jelena wieder zu treffen. Er ahnte allerdings noch nicht, dass ihn dieses Gefühl nicht täuschen sollte und er sehr schnell auf die Schöne, die ihn so bestohlen hatte, stoßen würde.

Der große, schwere Wagen, in dem sie saß, war schon auf dem Weg zu ihm. Sie war in Begleitung von Igor, der neben ihr in der Limousine Platz genommen hatte, nachdem er sich lange mit ihr über Torino unterhalten und sie anschließend gelobt und ihr ein Geldbündel überreicht hatte. Er wusste um die Qualität der Arbeit seiner Partnerin und hatte sie wie immer gut bezahlt. Sein Fahrer, der auch sein Leibwächter war, war ihm seit Jahren treu ergeben, und auch er erledigte jeden Auftrag seines Chefs bedingungslos. Und noch einige andere arbeiteten für Igor, aber die durften niemals in diesem Auto sitzen.

»Hallo Max, wie ist die Lage bei euch da oben? War neulich echt 'ne geile Party! Wir sind bei sauberem Wetter wieder hier angekommen, und ich war heilfroh, dass die Bullen nicht gestanden haben, ich glaube, ich hatte noch Restalk drin. Scheiße, ich hatte aber auch schön einen in der Kiste. Na ja, ist ja alles glatt gegangen.« Jochen machte eine kurze Pause. »Du, hör mal, weswegen ich anrufe: Den Typen, den du suchst, wir haben ihn gefunden.«

»Jochen, mein Bester! Echt? Ist er bei euch da unten? Das ist ein Hammer! Wie habt ihr ihn gefunden?« Max reckte sich und saß jetzt aufrecht in seinem Sessel. Ja! So muss das laufen! Auf die Männer ist Verlass!

»Wir sind halt rumgecruist und haben Augen und Ohren offen gehalten. Du weißt doch: Wo plötzlich Geld auftaucht, wird es hell. Und wo Licht ist, sind die Bienchen nicht weit. Na ja. Und weil wir gerne wissen, was die süßen Motten so treiben, sind wir halt auf ihn gestoßen.«

»Jochen, ich hau einige Fässer Bier rein! Erzähl mir von ihm. Vor allem von dem plötzlichen Geld!«

»Was soll ich dir sagen, Chef, er hat ordentlich gezockt, gewonnen und seinen Gewinn ins Hotel geschleppt. Da ist er jetzt noch.«

»Wie ›gezockt‹?« Max verstand nichts.

»Na, im Kasino halt, drüben in Basel. Roulette, du verstehst?«

»Nix versteh ich! Basel? Ich denke, der arbeitet an der Börse oder so!«

»Keine Ahnung, wir haben ihn eben im Kasino in Basel erwischt.«

»Ist ja auch egal«, antwortete Max. »Und er hat die Taschen voll?«

»Wie viel weiß ich auch nicht, aber es ist wohl eine ordentliche Summe.«

»Jochen, behalte ihn im Auge. Wir kommen runter, okay?«

»Okay, Max. Hau rein, wir sehen uns …«

Max legte auf und dachte nach. Warum spielt der Kerl im Kasino? In Basel? Was hat das zu bedeuten? Und warum meldet er sich nicht bei Steffi? Na ja, Hauptsache ist, dass er nicht ihr Geld verspielt! Aber er hat ja wohl gewonnen, so sagt es Jochen jedenfalls. Er nahm erneut sein Handy und rief erst Axel und dann Ringo an. Er schilderte ihnen, was er soeben erfahren hatte, dann verabredeten sie sich für den übernächsten Tag, um eine Geschäftsreise in die Schweiz zu machen. Er wusste, dass er sich nicht so zu beeilen brauchte, seine Brüder dort hatten den Burschen im Visier.

Die Limousine hielt vor dem Hotel und Vitali, der Fahrer, stieg aus. Er betrat das Hotel und ging direkt an die Rezeption.

»Guten Tag, Sie wünschen?« wurde er freundlich empfangen. »Guten Tag, ich möchte einen Gast von Ihnen sprechen, Herrn Torino. Könnten Sie ihn bitte rufen?«

»Einen kleinen Moment, bitte.« Die Empfangsdame sah in den Computer. »Herr Torino müsste auf seinem Zimmer sein. Wen darf ich melden?«

»Sagen Sie ihm einfach nur, hier ist jemand, der etwas gefunden hat, was ihm einmal gehört hat.«

»Gerne, einen kleinen Moment bitte.«

Einen Augenblick später läutete das Telefon auf Torinos Zimmer. Er war überrascht und sah auf. Wer ruft denn hier an? fragte er sich und dachte seltsamerweise sofort an Jelena. Er stand auf und nahm den Hörer ab. »Ja, bitte?«

»Rezeption, hier ist ein Herr, der Sie sprechen möchte, Herr Torino. Würden Sie bitte in die Halle kommen?«

»Was für ein Herr denn?«, fragte Torino argwöhnisch. »Ich kenne niemanden hier in der Stadt!«

»Der Herr sagt, er hätte etwas gefunden, was Ihnen gehört. Entschuldigen Sie bitte, aber mehr weiß ich auch nicht.«

Damiano dachte kurz nach und sagte: »Vielen Dank, ich komme in fünf Minuten herunter, der Herr möchte bitte warten.«

»Gerne, Herr Torino, ich richte es so aus.« Sie legte auf und gab die Nachricht wie gewünscht weiter. Vitali nickte, nahm sich eine Zeitung und setzte sich in einen schweren Ledersessel, der in der Nähe der Aufzüge stand. Brüderchen, dachte er. Sei ein guter Junge und mach uns keinen Kummer und verärgere mir meinen Boss nicht.

Torino hatte sich flüchtig gewaschen, sich die Haare gekämmt und etwas Rasierwasser ins Gesicht gerieben. Nach einem letzten prüfenden Blick in den Flurspiegel verließ er sein Zimmer. Er ging den Flur entlang in Richtung Fahrstuhl, als ihm eine Idee kam. Auf Höhe des Treppenaufganges machte er plötzlich Halt und öffnete die Tür. Die Treppe war als Notausgang gedacht und wurde fast ausschließlich vom Personal genutzt. Er entschloss sich, die Stufen zum Erdgeschoss hinabzusteigen. An den Wänden stand mit alter Farbe die jeweilige Etagennummer, sodass er stets wusste, wo er sich befand. Je näher er zur Rezeption kam, umso beunruhigter war er. Wer konnte der Mann nur sein, der ihn ausrufen ließ? Was hatte das zu bedeuten? Er beschloss, vorsichtig zu sein und nahm sich vor, ruhig zu bleiben. Er hatte die letzten Stufen erreicht und weil er befürchtete, man könnte ihn hören, verlangsamte er seinen Schritt und schlich an die Tür. Vorsichtig öffnete er diese einen Spalt und sah hindurch. Er sah in die leere Halle und erblickte dann den Mann, der hinter seiner Zeitung nicht zu erkennen war. Torino überlegte blitzschnell, wie er an ihm vorbeikommen könnte. Die Rezeption war nicht besetzt, und der Mann schien unaufmerksam zu sein.

In der Tat war Vitali mit einem Sportartikel beschäftigt und vertraute auf das bekannte »Bing!«, welches den Fahrstuhl ankündigte. Da es bis jetzt nicht erklungen war, hatte er auch keine Veranlassung, von seiner Zeitung aufzusehen.

Torino öffnete Zentimeter für Zentimeter die Tür, und als der Spalt so groß war, dass er hindurchschlüpfen konnte, zwängte er sich hindurch und drückte sich, an der Wand entlangschleichend, in Richtung Restaurant. Den Unbekannten ließ er dabei nicht aus den Augen. Da blätterte der Mann umständlich eine Seite weiter. Torino hielt inne. Er hatte zwar nichts zu verbergen, wollte aber dem Fremden trotzdem nicht so direkt in die Arme laufen. Die Zeitung schien den Kampf zu gewinnen. Die großen Blätter verhielten sich scheinbar widerspenstig. Erst als der Mann den Mittelteil herausnahm und auf den Fußboden legte, gab sie nach. Torino war hellwach. Während der Mann blätterte, hatte er geflucht und geschimpft. Und was Torino hörte, waren slawische Wörter. Wieder dachte er sofort an Jelena. Kam sie nicht aus dem ehemaligen Jugoslawien und hatte sie nicht in Russland studiert? Erneut sah er sich darin bestätigt, auf der Hut zu sein.

Er betrat das Restaurant und sah sich um. Die Frühstückszeit war weit überschritten, und so befand sich niemand im Raum. Er erblickte einen Geschirrwagen mit benutzten Tellern und Gläsern. Ihm war eine Idee gekommen. Er nahm sich eine Serviertrommel und stellte zwei von den benutzten Gläsern darauf. Im Spiegel gegenüber betrachtete er noch einmal sein Äußeres. Sein weißes Hemd war zwar etwas zerknittert, aber zusammen mit seiner schwarzen Anzughose könnte sein Plan gelingen. Niemand hatte sein Tun bemerkt. Durch die Scheiben der Schwingtür sehend, vergewisserte er sich, dass die Rezeption unbesetzt war. Dann sah er erneut auf den Fremden, der nun offenbar ungeduldig auf seine Uhr sah und die Zeitung zusammenfaltete. Torino atmete noch einmal tief durch. Mit einem Tritt gegen die Tür öffnete er sie und polterte in die Empfangshalle. Er schwang das Tablett und achtete darauf, dass die Gläser nicht herunterfielen. Der Mann sah auf. Torino ging an ihm vorbei und beide sahen sich kurz an. Aber während Torino zum Gruß mit dem Kopf nickte, sah der Unbekannte bereits wieder weg. Er kennt mich also nicht, dachte er, während er quer durch die Halle eilte, am anderen Ende wieder umkehrte, um wieder in den Speisesaal zu gelangen. Der Fremde hatte sich erhoben und ging zum Empfang. Den vermeintlichen Kellner beachtete er dabei nicht.

Torino stellte das Tablett auf einem Tisch ab und stieg im letzten Augenblick in den Fahrstuhl. Er fuhr in seine Etage, ging in sein Zimmer, holte sein Jackett heraus und zog es an. Dann fuhr er erneut hinab, um als der gerufene Hotelgast herauszukommen.

Vitali hatte gerade noch einmal an der Rezeption nachgefragt, als der Fahrstuhl hielt. Die Tür öffnete sich und Torino kam heraus. Lässig schlenderte er zum Empfang.

»Da kommt der Gast«, sagte die Dame und deutete auf Torino.

Vitali sah sich um. Sein erster Gedanke war: Den kenne ich. Dann trat er auf den Gesuchten zu. »Herr Torino?« Er sah sein Gegenüber an.

»Ja, bitte? Wer sind Sie?«

Vitali war sichtlich überfordert. Woher kenne ich ihn, dachte er, während Torino auf eine Antwort wartete. »Entschuldigen Sie bitte«, stotterte der Russe, »kennen wir uns?«

»Wenn Sie mir sagen, wer Sie sind, kann ich Ihnen vielleicht helfen«, antwortete Torino.

Vitali schüttelte den Kopf. »Irgendwoher kenne ich Sie doch!«

»Sie ließen mich rufen? Was können Sie für mich tun?« Torino hatte seine alte Selbstsicherheit zurückgewonnen und setzte seine Pokermine auf.

»Ich? Wieso ich?«, stotterte Vitali.

»Kommen Sie nicht vom Herrenausstatter Vögle? Ich hatte doch gestern einen Anzug bestellt, und da sagte man mir, man wolle heute einen Wagen schicken, wegen der Anprobe!« Torino hatte Gefallen daran gefunden, den Fremden zu verunsichern.

»Was für ein Vögle denn?«, fragte Vitali, nun vollends verwirrt.

»Na, wenn Sie nicht vom Ausstatter kommen, wer sind Sie dann und vor allem, was wollen Sie von mir?«

»Der Boss will Sie sprechen, draußen im Auto.«

»Also doch Vögle?«

»Njet! Vögle, Vögle! Nix Vögle!« Vitali war der Situation nicht mehr gewachsen. »Kommen Sie bitte raus, der Boss wartet doch!« Händeringend bat er Torino nach draußen. Der war nun doch neugierig darauf, wer der »Boss« wohl war und was das alles sollte, und brach die Farce ab. Beide verließen das Hotel und Vitali gewann sofort seine Schroffheit wieder. Er öffnete die Autotür und befahl: »Einsteigen – und keine Mätzchen!« Da die Scheiben dunkel getönt waren, konnte Torino nicht sehen, wer im Innern des Wagens saß.

»Moment mal! Was soll das? Spinnen Sie?« Torino trat einen Schritt zurück. Da senkte sich die Scheibe, und ein Mann beugte sich hervor. »Herr Torino?

Entschuldigen Sie bitte den Ton meines Fahrers. Er ist noch nicht lange in Europa und da, wo er herkommt, herrscht ein eisiges Klima. Haben Sie eine Minute Zeit für mich? Ich möchte Sie gern kennenlernen.«

Das war genau das, wovor Torino auf der Hut war. Er hatte längst registriert, aus welcher Richtung der Wind wehte, aus dem Osten: eine Slawin am Vorabend, ein Russe am Vormittag und nun offensichtlich noch ein Russe! Der Boss! Nur, was wollten sie von ihm?

Die Tür öffnete sich und die goldberingte Hand des Mannes winkte ihn heran. »Steigen Sie bitte ein, Herr Torino. Aber erschrecken Sie nicht. Ich habe noch jemanden hier, den Sie kennen werden.«

Damiano beugte sich vor, um in das Auto zu schauen. Schräg gegenüber, auf der Rückbank, saß Jelena!

»Dachte ich es mir doch!«, entfuhr es ihm. »Ich werde nicht in dieses Auto steigen! Im Gegenteil: Ich rufe die Polizei!« Er griff in die Innentasche seines Sakkos und holte ein Handy heraus.

»Lassen Sie das bitte.« Der Boss sprach jetzt hart und bestimmt. »Deswegen bin ich hier! Ich will den Vorfall von gestern Abend mit Ihnen klären! Also steigen Sie ein!«

Torino sah kurz auf den Fahrer, der neben ihm stand und grimmig nickte, während ein Zucken über sein Gesicht lief. Noch immer wusste Vitali nicht, woher er den Mann neben ihm kannte. So sehr er sich auch anstrengte, er kam nicht darauf.

Torino stieg ein. Was habe ich schon zu verlieren, dachte er. Ich höre mir an, was sie wollen, was soll's. Vielleicht kriege ich ja sogar mein Geld zurück.

Die Schöne vom Vorabend rückte ein wenig zur Seite und senkte den Blick.

»Sie haben etwas, was mir gehört«, sagte Torino direkt. »Sie haben mich betäubt und dann bestohlen! Geben Sie mir mein Geld zurück, sonst brauchen wir uns hier gar nicht zu unterhalten!«

Der Wagen fuhr an und bog aus der Hotelzufahrt auf die Straße.

»Jelena, so will ich sie mal nennen, obwohl der Name nicht stimmt, hat in meinem Auftrag gehandelt«, mischte sich nun der Boss ein. »Seien Sie ihr nicht böse. Sie sollte mit Ihnen Kontakt herstellen.«

»Und mich dabei beklauen?«

»Nun, Sie müssen wissen, ich habe einen Plan. Und Sie sind nicht ganz unschuldig daran, dass ich auf ihn gekommen bin! Man hat Sie beobachtet, wie Sie im Kasino gespielt haben. Das war professionelle Arbeit! So etwas haben Sie nicht zum ersten Mal gemacht. Sie sind ein Spieler, habe ich Recht?«

Damiano wollte antworten, aber der Russe hob seine Hand. »Moment, warten Sie! Sagen Sie nichts! Warten Sie. Ich will Ihnen ein Geschäft vorschlagen: Also, Sie erhalten natürlich Ihr Geld zurück. Alles! Und heute Abend gehen Sie wieder ins Kasino. Spielen Sie. Gewinnen Sie. Amüsieren Sie sich. Niemand wird wieder Ihr Geld stehlen, glauben Sie mir. Ein Mitarbeiter von mir wird Sie beschützen. Sie werden ihn nicht bemerken, aber er ist immer in Ihrer Nähe. Und nun mein Angebot: Ich versorge Sie mit Geld. Sie bekommen jede Summe, die Sie brauchen. Die setzen Sie dann und gewinnen! Wie gefällt Ihnen das?« Er machte eine Pause und sah Torino auffordernd an.

»Bekomme ich Bedenkzeit?«, fragte Torino knapp.

»Ich denke … nein.«

»Warum soll ich mich dann auf dieses Geschäft einlassen?«

»Weil Sie kein Geld mehr haben! *Ich* ermögliche Ihnen das Weiterspielen!«

»Was bleibt für mich?« Torino demonstrierte deutlich seine Abneigung.

»Ich biete Ihnen zwanzig Prozent vom Gewinn.«

»Wie bitte?«

»Bedenken Sie, dass es *mein* Geld ist, das Sie setzen! Ich stehe schließlich auch für Ihre Verluste gerade. Obwohl … Sie besser gewinnen sollten …«

»Wollen Sie mir drohen?«

»Heilige Olga, bewahre … nein.« Der Russe hob beide Hände in die Höhe. »Es ist eine reine Geschäftsbeziehung, und ich würde mich sehr freuen, wenn daraus eine lange Freundschaft entstehen würde.«

»Und was ist, wenn ich nicht mitmache?«, fragte Torino. »Womit wollen Sie mich kleinkriegen?«

»Lieber Herr Torino, Sie lesen zu viele Krimis! Niemand will Sie kleinkriegen! Also gut. Damit Sie meinen guten Willen sehen: Sie können es sich bis heute Abend überlegen.«

Das Auto bog in die Hotelzufahrt ein. Torino hatte

nicht bemerkt, dass es lediglich im Kreis um den Häuserblock gefahren war.

»Ich lasse Sie um neun Uhr abholen.«

Der Wagen hielt, Vitali stieg aus und öffnete die Tür. Torino sah noch einmal auf die Frau, die die ganze Zeit geschwiegen hatte und seinen Blicken ausgewichen war. Dann wandte er sich an den Boss. »Und bis dahin habe ich meinen ›Beschützer‹ am Hals?«

Der Mann lächelte. »Natürlich, aber Sie werden ihn nicht bemerken. Es sei denn, Sie wollen kurzfristig abreisen. Dann werden Sie ihn deutlich spüren! Schönen Tag noch.«

Wortlos drehte Torino sich um und ging ins Hotel. In seinem Kopf überschlugen sich die Gedanken. Ich kann mich doch nicht mit den Russen einlassen, dachte er. Das ist doch irre! Aus dieser Nummer komme ich nie wieder raus! Die Scheißnettigkeiten kann der sich sparen. Nur, was tun? Wenn ich nein sage, lassen sie mich doch nicht einfach gehen. Irgendetwas passiert dann, und man wird mich zwingen, für sie zu spielen.

Torino ging auf die Lobbybar zu. »Einen Wodka on the Rocks, bitte.«

Während der Barmann das Glas füllte, ließen Torino die Gedanken nicht los. Vielleicht ist das die Lösung, dachte er, als er sein Getränk in der Hand hielt: sich einfach besaufen. Dann kann ich auch nicht spielen!

Plötzlich waren wieder die Sorgen da, die Gläubiger, die lauerten, und jetzt auch noch die Mafia, die ihn entdeckt hatte.

Im Clubhaus der »Black Spiders« saßen Max, Jochen und ihre Brüder – so nannten sich die Mitglieder des Motorradklubs – an einem großen runden Tisch. Sie hatten jeweils ein Glas Bier vor sich, und im Aschenbecher quollen die Zigarettenkippen fast über.

»Was hat Torino bloß mit den Russen zu tun?«, fragte Max und sah Jochen an.

»Also, wir kennen die Typen. Auch den Boss. Schwammiger Bursche, aber knallhart. Er hat hier in einigen Geschäften die Pfoten drin. Meist in Kneipen und so. Er hat auch einige Hühner laufen, so drei, vier. Ein paar Wichser lecken ihm die Schuhe, die kennen wir auch. Ist auch alles kein Problem für uns, solange er uns andere Russen vom Hals hält. Aber da passt er auf. Hat auch schon mal eine Bar abgefackelt, munkelt man. Gehörte einem Landsmann von ihm. Seitdem trauen sich die Russen nicht her. Allerdings haben ihn die Albaner auf dem Zettel. Na ja, sollen sie unter sich klären. Von mir aus können die sich gegenseitig über den Haufen schießen! Solange sie uns nicht ins Gehege kommen. Wir wollen hier in Ruhe leben. So.« Jochen lehnte sich zurück und zog an seiner Zigarette. »Jedenfalls stieg dieser Torino in das Auto von besagtem Boss ein. Der fuhr mal eben so vor das Hotel, und sein Fahrer holte ihn dann ab. Keine zehn Minuten später waren sie zurück. Die haben da drinnen irgendetwas bequatscht, das ist sicher.«

»Es muss auf jeden Fall etwas mit Geld zu tun haben«, sagte Max. »Das scheint das Einzige zu sein, wovon unser Freund etwas versteht. Aber egal, wie verfahren wir weiter?« Er sah in die Runde.

Jörg meldete sich, indem er sein Bierglas hart auf den Tisch stellte. »Wenn du mich fragst, wir holen ihn aus dem Hotel und fahren mit ihm nach Hause! Basta! Und wenn er zuckt, gibt's ein paar auf Schnauze. Schließlich ist er mit Steffis Geld durchgebrannt.«

Die Männer nickten zustimmend, aber Max schüttelte den Kopf. »Bleib cool, Junge. Das bleibt uns immer noch. Der läuft uns nicht mehr weg. Aber trotzdem interessiert mich, was er mit den Russen macht. Wenn es da tatsächlich um Geld geht, und da bin ich mir schon fast sicher, ist auch etwas für uns drin. Ich will einfach nicht, dass er Geld verliert.«

»Also der Russe hat mit Sicherheit mehr als dieser Torino, glaub mir«, mischte sich wieder Jochen ein. »Was ist, wenn er mit dessen Geld zockt? Stellt euch vor, der Dicke versorgt ihn mit Kohle und er spielt damit. Er ist doch ein professioneller Spieler, oder?«

Alle nickten.

»Na also, meine ich doch!«

»Genau, das ist es. Wir müssen nur noch dabei sein, wenn er spielt. Wer kann das übernehmen?«

»Lass das David machen. Wenn der sich in einen Anzug schmeißt, sieht der richtig smart aus.«

David, ebenfalls in der Runde, grinste breit. »Warum nicht? Dann brauche ich aber auch Kapital.«

»Kein Problem. Das fällt unter Betriebskosten. Also: Du bist heute Abend im Kasino, Jochen und ich stehen am Hotel und fahren ihm nach, wenn er es verlässt. Torsten, du und Frank, hängt euch an den Russen und alle anderen bleiben in der Nähe, okay?«

Alle nickten.

»Gut. Richtet euch darauf ein, dass er die Stadt wechseln wird. Ich vermute, dass er nicht länger als drei Tage in einem Kasino spielt. Also, sagt euren Mädels Bescheid, dass ihr nicht vor einer Woche wieder zu Hause seid. So, und nun hab ich Durst …«

»Da ist es!« Möller, der Bankvorstand, zeigte auf das Haus, vor dem sie standen. »Dort oben ist die Wohnung.«

Maria, seine Frau, sah hinauf. »Die Gegend ist ja nobel. Das Haus ist schick und der Garten gepflegt. Jaqui wird es gefallen. Und du meinst, du kriegst die Wohnung billig gekauft?«

»Billig ist gut! Geschenkt kriege ich sie – das heißt, fast geschenkt. Der Kunde hat weit überzogen. Aus dieser Nummer kommt er nicht mehr raus. Ich jedenfalls lasse ihm keine Luft mehr. Da hätte er eben aufpassen müssen. Aber nein … immer alles auf Pump!«

»Deine Arbeit interessiert mich nicht, Ludwig. Verschone mich bitte. Die Hauptsache ist, Jaqueline gefällt die Wohnung. Wollen wir nicht hochgehen?«

»Selbstverständlich, Maria. Lass uns unsere Wohnung besichtigen.«

»Meinst du denn, es ist jemand zu Hause?«

»Das werden wir gleich wissen«, sagte Möller und

schritt als Erster durch die Tür zum Vorgarten. Am Haus blieb er stehen, um auf die Namensschilder zu sehen. Umständlich holte er seine Brille heraus, setzte sie auf und beugte sich zu den Messingschildchen. »Nanu, kein Torino.« Verwundert sah er zu seiner Frau. «Was soll das bedeuten?« Er fasste an die Klinke, aber das Haus war verschlossen. Möller trat einen Schritt zurück und legte seinen Kopf in den Nacken. Er sah die Hauswand hinauf und zählte die Etagen. »Vier Stockwerke«, sagte er. »Vier Stockwerke mal zwei Wohnungen sind acht Eigentumswohnungen. Und acht Namensschilder sind auch hier draußen angebracht. Aber kein Torino! Maria, sag was!«

«Ludwig, was soll ich dir sagen?! Läute einfach irgendwo und sag, dass du ins Haus möchtest.«

Ein großer BMW hielt vor dem Haus und eine Frau stieg aus. Mit einer Reklametasche eines bekannten Juweliers betrat sie das Grundstück. »Grüß Gott, suchen Sie jemanden?«

»Guten Tag, ja, wir suchen einen Herrn Torino. Er wohnt hier und wir wollten ihn besuchen.«

Die Dame musterte die beiden. »Herr Torino wohnt hier schon lange nicht mehr. Was ich übrigens sehr bedauere!«

»Wie bitte?« Möller glaubte nicht recht gehört zu haben. »Der wohnt hier nicht mehr? Ja, wie das denn? Wir haben doch all unsere Post hierher geschickt! Also, hören Sie, das muss ein Irrtum sein! Torino, Damiano Torino ist sein Name.«

«Ja, ich weiß. Trotzdem wohnt er hier nicht mehr. Eines Tages war er weg, und der neue Besitzer zog ein. Das ist alles.«

Ludwig Möller wurde schlecht. »Ich bitte Sie! Das kann nicht sein! Diese Wohnung gehört ihm doch nicht. Sie ist doch als Sicherheit für seinen Kredit gedacht.«

»Was geht mich das an?«, antwortete die Frau, die langsam ungeduldig wurde. »Er wohnt hier nicht mehr und basta.« Sie zog einen Schlüssel aus ihrer Tasche und schloss die Tür auf.

»Können wir eintreten?«

»Natürlich … nicht! Ich bitt Sie!« Mit entschlossenem Schritt trat die Frau durch die Tür und schloss sie hinter sich.

Möller sah seine Frau verdutzt an. »Hast du das gehört, Maria? Ein neuer Besitzer! Aber das geht doch gar nicht! Da gibt es doch Rechtsvorschriften! Grundbücher, Notare, Verträge! Maria! Hier soll die Bank geschädigt werden! Meine Bank! Das ist ja unglaublich! Das ist Betrug! Ein Glück, dass ich mich persönlich um die Angelegenheit gekümmert habe. Lehmann, diese Trantüte, hätte das nie herausbekommen! Aber das sag ich dir; den knöpfe ich mir vor!« Möller ereiferte sich immer mehr. »Angezeigt gehört der Betrüger! Jawohl! Angezeigt und bestraft! Ich werde noch heute Strafanzeige stellen und bei Gericht einen Mahn- und Vollstreckungsbescheid erwirken. Der soll die ganze Macht spüren, die ein Ludwig Möller hat! Den lass ich jagen, bis er auf dem Zahnfleisch kriecht!« Er fasste sich demonstrativ an sein Herz. »Lass uns zurückfahren!« Ein letztes Mal sah er auf das Haus und sagte laut. »Außerdem … hier wohnen unangenehme Menschen!«

Den ganzen Weg zurück, also mehrere Stunden lang, musste sich Maria die Litanei ihres Mannes anhören. Er hatte alle Verkehrsregeln außer Kraft gesetzt und benahm sich wie bei einer Rallye. Während seine Frau in ihrem Sitz immer kleiner wurde, wuchs Möller im wahrsten Sinne des Wortes über sich hinaus. Aufgeplustert referierte er über »Kreditpreller«, wie er die Bankkunden nannte, die irgendwann nicht mehr zurückzahlen konnten. Betrüger, denen man das Handwerk legen musste und die man dann einsperren sollte.

Die Idee, sich zu betrinken, hatte Torino verworfen. Er wusste, dass das keine Lösung war und er sich dadurch nicht von den Russen befreien konnte. Er nahm noch zwei eisgekühlte Wodka, stürzte sie hinunter und begab sich dann auf sein Zimmer. Dort legte er sich auf das Bett und dachte weiter über seine Situation nach. Ich muss schlau sein, ich muss diese Bande austricksen. Und das geht wieder nur mit Geld, analysierte er. Wenn ich auf das Angebot des Dicken eingehe, kann ich wieder auf die Beine kommen. Ich mache einige Spiele für sie, und dann wollen wir doch mal sehen, was passiert. Ob ich nun will oder nicht, ich *muss* spielen. Hier dreht sich die Katze im Kreis. Ohne Moos nichts los – also hol ich mir das Geld! Irgendwann, in der nächsten Zeit, bin ich dann plötzlich verschwunden, und die Russen können mich mal … Die kriegen ihr Geld wieder und ich behalte meine zwanzig Prozent. Bei einem Gewinn von, na sagen wir mal, zehntausend Euro, kriege ich nach Abzug des Einsatzes eintausend Euro. Nicht schlecht für den Anfang. Das ziehe ich eine Woche lang durch, und dann bin ich wieder fit. Dann verdufte ich und spiele wieder für mich, für meine eigene Tasche.

Torino sah auf den Wecker auf dem Tischchen. Okay, dachte er. Ich kann noch einige Stunden schlafen und dann geht es frisch ans Werk.

Er hatte einen Entschluss gefasst und der ließ ihn ruhig einschlafen.

Scheibe, der Kreditgeber, war sauer. Wobei: Sauer war nun wirklich nicht das richtige Wort. Scheibe war rasend vor Wut. »Wo ist er?«, schrie er seine Riesen an. »Wo steckt dieser verdammte Wichser? Wie konntet ihr ihn aus den Augen lassen? Muss ich denn alles allein machen? Ich fasse es nicht!«

Nico löste seine vor der Brust verschränkten Arme und legte sie wie bei einem Appell an seine Hosennaht. »Boss, wir hatten ihn fest im Visier. Es konnte eigentlich nichts schiefgehen. Er hatte sich mit Russen zusammengetan. Woher die sich kannten – keine Ahnung. Aber er hatte plötzlich einen Bodyguard oder so etwas Ähnliches. Dann war auch noch so ein Playboy in seiner Nähe. Er sah aus, als wäre er ebenfalls ein Spieler, nur etwas jünger. Jedenfalls war plötzlich ein riesiger Rummel um Torino. Jeder schien sich für ihn zu interessieren. Und auf einmal war er weg. Einfach so.«

»Einfach so?!«, schrie Scheibe. »Du stellst dich hier hin und sagst mir: einfach so …« Er trat ganz nahe an Nico heran, und obwohl er ihm nur bis an die Brust reichte, fühlte der sich regelrecht bedroht. Scheibe fuhr in leiserem Ton fort und doch wusste jetzt jeder im Raum, wie wütend er war. »Es ist mir völlig egal, wer hier mit wem Händchen hält. Russen, Polen, Babys, Playboys – es ist mir egal. Ich will mein Geld zurück und damit meine Ehre, verstehst du Hornochse das? Die ist nämlich in Gefahr, wenn ich so missachtet werde. Du hast versagt, Nico, auf der ganzen Linie versagt.« Er drehte sich um und ging einen Schritt zurück. Dann drehte er sich blitzschnell um und rammte Nico ein Stilett in den Oberschenkel. Niemand hatte gesehen, wie er das Messer gezogen und wo es überhaupt gesteckt hatte, aber plötzlich hatte er es in der Hand. Nico riss die Augen auf, und ein Röcheln entfuhr seinem Mund. Mühsam hielt er sich auf den Beinen, mit dem Wissen, jetzt nur nicht schlappmachen zu dürfen. Das hätte Scheibe nur noch wütender gemacht, und was dann kam, wusste man nie. Die Umherstehenden regten sich nicht. Jeder war jetzt froh, nicht an Nicos Stelle zu sein, und so warteten sie auf die nächsten Befehle von ihrem Boss. Der hatte sich in seinen Ledersessel gesetzt und sah auf seine Leute.

»Also«, er machte eine kurze Pause, »lasst es mich abschließend noch einmal ganz klar sagen: Ich will nicht den Mann, ich will mein Geld. Und jetzt raus hier, an die Arbeit!«

Die Männer drehten sich um und verließen das Büro.

»Nico, du bleibst noch, bitte.«

Nachdem der Letzte die Tür hinter sich geschlossen hatte, stand Scheibe auf und ging auf den Wartenden zu. »Nico, du bist mein bester Mann hier. Ich konnte mich immer voll auf dich verlassen.« Er deutete auf das blutende Bein. »Entschuldige bitte, aber es überkam mich plötzlich. Ich musste das tun, allein der anderen wegen, verstehst du?« Er nahm ein blütenweißes Taschentuch aus seinem Sakko und reichte es seinem Gegenüber. »Sieh mal: Wir leben in einer Gesellschaft, in der der Wertezerfall offensichtlich ist. Niemand hält sich mehr an Regeln, Gesetze. Jeder macht, was er will. Niemand macht, was er soll – aber alle machen mit! Verstehst du mich? Wo kommen wir aber hin, wenn alles drunter und drüber geht? Wenn man sich auf niemanden mehr verlassen kann. Ich will mein Geschäft hier sauber halten. Klare Regeln, klare Anweisungen, klare Geschäfte.« Er machte eine Pause und deutete auf das blutdurchtränkte Taschentuch. »Tut's weh? Lass dir das verbinden, sonst entzündet sich die Wunde noch.« Er zog seine Brieftasche und entnahm ihr einen Fünfhundert Euroschein. »Mach dir einen schönen Abend, mein Lieber, und … verzeih mir. Ich setze das Geld auf Torinos Rechnung und außerdem kannst du ihn haben. Ich schenke ihn dir, nachdem er bei mir bezahlt hat. Wenn du das Geld bei ihm abholst, denke an die missliche Situation hier und dann mach mit ihm, was du willst.« Er streichelte den Rücken des vor Schmerzen bebenden Mannes. »Und nun mach Feierabend ...«

Seinen Schatten, also seinen Beobachter, bemerkte Torino nicht, als er im Kasino am großen Roulettetisch saß und seine Spiele machte. Er versuchte auch gar nicht erst herauszufinden, wer hier für den Russen den Aufpasser spielte. Vielmehr konzentrierte er sich, verfolgte den Lauf der Kugel. Die Jetonstapel wuchsen, und hätte man ihn in diesem Augenblick gefragt, ob man bei dem Spiel auch verlieren könnte, er hätte nur verdutzt geschaut und den Kopf geschüttelt. Vergessen waren im Moment Verfolger und Schulden. Vergessen waren Sorgen und Angst. Seine Augen, grau und stechend, zeigten nicht, in welchem Fieber er sich befand. Nichts deutete darauf hin, dass er süchtig war nach dem Geräusch der laufenden Kugel. Süchtig nach den Farben und Zahlen vor ihm – und natürlich nach dem Geld aus Plastik, das sich vor ihm aufstapelte. Vielleicht war er auch süchtig nach dem raunenden Beifall – wer wusste es. Seine Hände lagen ruhig auf dem Tisch und sein Oberkörper war steil aufgerichtet. Er strahlte Gelassenheit aus, und diese Ruhe war nicht gespielt. Trotz des Spielfiebers war Torino völlig entspannt. Wie ein Junkie, der nach dem ersten Schuss wieder ruhiger wird, ging es ihm jetzt. Überlegend, rechnend, all seine Erfahrung einbringend, spielte er ein Spiel nach dem anderen und erstaunte die Umherstehenden mit seinen Gewinnen.

Einer dieser Umherstehenden war David, der Torino beobachtete. Er trug einen schwarzen Anzug und eine goldene Uhr, hatte ein sympathisches Lächeln aufgesetzt und zeigte offen seine Bewunderung. Und genau das war sein Plan: Er wollte Torino näherkommen. Er wollte, dass der Spieler ihn bemerkte und ihn vielleicht sogar in seine Nähe ließ. So könnte er ihn besser im Auge behalten und vor dem Russen schützen, der hier in der Nähe lauerte. Der wusste allerdings nichts von seiner Existenz und das war gut so. Seit Max, Jochen und die anderen der Bruderschaft die Verbindung des Spielers mit dem Dicken erkannt hatten, waren sie einen Schritt voraus.

Obwohl David keine Ahnung vom Roulette hatte, war auch er fasziniert von der Umgebung und von dem Flair, das hier herrschte. Und auch vom Geld, das hier scheinbar mühelos gewonnen wurde.

Als Torino wieder gewann, klatschte David etwas lauter und voller Begeisterung in die Hände. Da sah Torino auf. David legte all seine Bewunderung in seinen Blick und endlich erreichte er ihn. Ihre Blicke trafen sich taxierend. Dieser Augenblick reichte, um bei Torino Sympathie für den jüngeren, gut aussehenden Mann zu wecken. Sofort sah er in ihm eine Art Abbild seiner selbst. Er lehnte sich zurück.

»Bitte das Spiel zu machen«, sagte der Croupier, aber Torino stand auf. Er strich seine Chips zusammen und steckte sie lässig in seine Tasche. Mit einem Nicken als Gruß verließ er den Tisch. Dann sah er David an. »Sie haben keine Lust zu setzen?«, fragte er ihn direkt.

David zog die Schultern hoch und grinste. »Sie werden es nicht glauben, aber ich habe keinen blassen Schimmer von diesen Spielen!«

Torino zog die Brauen hoch. »Und was machen Sie dann hier? Wie ein Vertreter des Finanzamtes sehen Sie nicht aus.«

Das Lächeln auf Davids Gesicht wurde noch breiter. »Ich und Finanzamt? Nein!«, antwortete er. »Damit habe ich nichts zu tun!«

»Und was tun Sie hier, wenn ich fragen darf?«

»Soll ich ehrlich sein?«

»Wenn Sie wollen – gerne.«

»Ich habe Sie gesucht.«

Torinos Augen verdunkelten sich. »Und? Sind Sie zufrieden mit dem Gewinn, den ich für Ihren Boss eingespielt habe?«

David, der wusste, worauf sein Gegenüber hinauswollte, gab sich unwissend. »Wie jetzt? Das verstehe ich nicht?«

»Na, haben Sie schon dem Boss gemeldet, wie viel er heute verdient hat?«

»Tut mir leid, aber ich weiß nicht, wovon Sie sprechen. Ich bin allein hier und habe keinen Boss.« Wie um seine Unschuld zu beweisen, streckte er beide Arme vor und drehte seine Handflächen nach außen.

»Entschuldigung«, murmelte Torino und sah sich um. »Ich war der Annahme, Sie wären im Auftrag eines Bekannten hier. Aber offensichtlich ist dem nicht so. Aber weswegen haben Sie mich gesucht?«

»Bringen Sie mir das Spielen bei!«

Die direkte Art verblüffte Torino. »Wie bitte?«, fragte er.

»Sie sind ein Genie, ein Profi, das habe ich schon gestern gesehen. Da war ich ebenfalls hier und habe Ihnen zugeschaut. Sie haben mich allerdings nicht bemerkt. Ich hatte gehofft, Sie heute wieder hier anzutreffen, und ich hatte Glück.«

»Lassen Sie uns dort Platz nehmen.« Torino deute auf einen freien Tisch in der Ecke. »So, so, Sie beobachten mich also«, sagte er, nachdem sie Platz genommen hatten.

»Ja. Das stimmt«, antwortete David. »Ich bin fasziniert vom Spielen und würde es auch gern können.«

»Warum?«

»Na, hören Sie mal! Sie kommen hier rein, zocken ein, zwei Stunden und gehen dann mit einer Stange Geld wieder nach Hause. Das ist genau mein Ding! Wie ist es? Bringen Sie mir das Spielen bei? Nehmen Sie mich als Lehrling?«

»Langsam, langsam! So einfach ist das nicht! Was meinen Sie, was da alles dazugehört: Konzentration, Mathematik, Gesetzmäßigkeiten, Cleverness – und nicht zuletzt: Glück! Übrigens: Man kann auch verlieren! Schon mal daran gedacht?«

»Sicher. Bei jedem Spiel kann man auch mal danebenliegen, aber das ist doch eher selten, oder? Ich will aber das Siegen lernen und nicht das Verlieren! Hören

Sie«, David beugte sich über den Tisch und sprach wie bei einer Verschwörung, »ich bin Ihr Mann! Ich kann auch einiges für Sie tun. Wenn Sie zum Beispiel einen Fahrer brauchen – kein Problem. Wenn Sie Besorgungen machen müssen – ich erledige das für Sie! Egal, was es ist – ich übernehme den Job. Und … ich übe mit meinem eigenen Geld. Ich habe eine Erbschaft gemacht! Bares, verstehen Sie? Sie müssen kein Risiko eingehen.« Er setzte sich wieder zurück in seinen Sessel.

Torino schüttelte den Kopf. »Ich habe noch nie mit jemandem gearbeitet. So muss ich alles allein verantworten. Meine Gewinne – meine Verluste. Ich bin niemandem Rechenschaft schuldig. Und so sollte es bleiben!«

Plötzlich fiel ihm wieder sein alter Lehrmeister ein. War er damals nicht in der gleichen Situation gewesen? Wollte er nicht auch das Spielen erlernen und sein Geld damit verdienen? Hatte er nicht auch gierig zugehört, als der Alte ihm an einem Modell zeigte, wie Roulette funktioniert? Ähnelten sich nicht beide Situationen? Nicht im Hinblick auf die äußeren Umstände – Gott bewahre, nein! Damals hätte er sich nie in ein Kasino gewagt, aber die Situation an sich ähnelte der damaligen: Jemand wollte lernen, um zu siegen!

»Okay«, sagte Torino schließlich zu dem ihm immer sympathischer werdenden jungen Mann. »Lassen Sie mir die Zeit, darüber nachzudenken. Wir treffen uns morgen zur selben Zeit wieder hier und dann hören

Sie meine Entscheidung, alles klar? Dann lassen Sie mich jetzt weiter meine Arbeit tun …«

Kolja, der Aufpasser, beobachtete die beiden mit Unbehagen. Nach seinen Informationen kannte Torino niemanden hier in der Stadt, und nun unterhielt er sich vertraut mit einem Gast des Kasinos. Was hatte das zu bedeuten? Worüber redeten die beiden? Kannten die beiden sich schon länger? War da was im Busch, von dem sein Boss nichts wusste? Lief da vielleicht etwas hinter seinem Rücken? Kolja war unsicher und beschloss seinen Auftraggeber anzurufen. Der reagierte zuerst unwirsch, aber als er hörte, worum es ging, wurde er neugierig.

»Und? Was meinst du? Polizei?«

»Niet, Boss, gutes Stoff und teures Uhra, nix Polizia. Nix Amt. Vielleicht Kollega?«

»Was für ein Kollege?«

»Na, Kollega von Zockerr! Meine Nase riechen Geld!«

»Hauptsache, du verbrennst dir deinen Zinken nicht.«

»Was Zinken …?«

»Kolja, Brüderchen! Lerne besser Deutsch, wenn du hier arbeiten willst! Zinken ist Nase, verstehst du? Aber gut, dass du mich angerufen hast. Ich komme und sehe mir den anderen Mann an. Und du bleibst schön im Hintergrund und hältst weiter die Augen auf, klar?«

»Klar, Boss! Ich verstehen!«

Das große Belauern begann.

»Tja, Steffi, so sieht es momentan aus. Der Typ macht gemeinsame Sache mit den Russen. Und jetzt ist er in der Schweiz. Jedenfalls wohnt er da in einem Hotel. Wir haben unsere Leute dort unten und kontrollieren die Angelegenheit. Jeder hat ein Foto von ihm. Mehr kann ich im Augenblick auch nicht tut. Wir vermuten, dass er in Kürze wieder in Deutschland ist. Er ist eben ein Spieler, er muss zocken. Und dann greifen wir ihn uns.«

»Schöner Trost!« Stefanie hatte sich von ihrem Schock etwas erholt und saß nun mit Augen voller Tränen vor Max. »Wie denkst du dir das? Ich bin völlig abgebrannt! Er hat mein ganzes Geld mitgenommen. Nur für drei oder vier Tage sollte es sein. Dann wollte er mir alles wiedergeben und auch den Gewinn, den er an der Börse damit gemacht hat. Hörst du? Mein ganzes Geld hat er!«

»Sei mir nicht böse, Steffi, aber was bist du auch so blöd?! Ehrlich mal: Du kanntest doch den Typ gar nicht. Er war nur ein Freier, verstehst du? Ein Kunde von dir und du machst so einen Mist!«

»Max, halt die Schnauze, sag ich dir! Hol mir mein Geld zurück und das schnellstens! Glaubst du, mit Vorwürfen hilfst du mir? Mir geht es ausgesprochen beschissen, weißt du, da brauche ich deine Belehrungen nicht.« Sie zündete sich mit zitternden Händen eine Zigarette an.

»Und trotzdem: Du bist Profi! So etwas darf nicht passieren«, antwortete Max. »Du kennst die Regel: Lass dich niemals privat mit einem Kunden ein. Mensch,

Steffi.« Er legte einen Arm um ihre Schulter. »Lass mal, das wird schon wieder, glaub mir, wir holen dir dein Geld zurück.«

»Wenn nicht, bin ich erledigt. Dann ist mein ganzes Erspartes weg. Irgendwann möchte ich ja auch mal aufhören mit der ganzen Scheiße hier. Ich werde auch nicht jünger und dann fallen die Preise. Ich habe keine Lust, wieder auf der Straße zu arbeiten.«

»Tja, Kleines«, Max grinste, »da musst du wohl noch richtig Latte machen.«

Stefanie löste sich ruckartig. »Du bist echt ein Arsch!«, fauchte sie ihn an.

»Bleib cool und denk dran: Du brauchst uns noch. Also: Sei lieb zu Maxe. Aber mal etwas anderes. Hast du schon mal daran gedacht, für eine Zeit von hier wegzugehen? Sieh mal, du arbeitest schon eine ganze Weile hier in diesem Club, und unsere Stammkunden kennen dich in- und auswendig. Im wahrsten Sinne des Wortes! Also: Geh doch mal einige Monate in eine andere Stadt. Nach Hamburg zum Beispiel. Ein Anruf von mir und du hast dort einen Job, das weißt du. Mit eigener Bude und so. Glaub mir, das bringt Kohle. Die Saison geht jetzt richtig los. Die brauchen da oben jede Menge Personal. Sieh es als Chance, Steffi. Neue Stadt – neues Geld. Was hältst du davon?«

»Daran habe ich auch schon gedacht! Ehrlich jetzt. Irgendwie stinkt mich das alles hier momentan mächtig an. Ich bin wohl wirklich schon zu lange hier. Und ich habe nichts mehr zu verlieren«, fügte sie traurig hinzu. »Allerdings behalte ich meine Unabhängigkeit! Sonst geht gar nichts! Okay?«

»Klar doch, Steffimaus. Weiß ich doch. Pass auf: Ich kümmere mich noch heute darum, und zum Wochenanfang fängst du in Hamburg an. Das ist eine gute Entscheidung, glaube mir.« Er nahm sie in den Arm, und sie fühlte sich für den Augenblick geborgen. Max strich ihr übers Haar. »Und außerdem sind wir ja noch an dem Typen dran, der dich beschissen hat. Die Sache ist ja noch nicht vom Tisch. Hast du überhaupt Geld für den Anfang?«

»Kleingeld höchstens.«

»Kein Problem! Ich bringe dir morgen zweitausend Euro mit. Damit bezahlst du erst einmal dein Zimmer für einen Monat im Voraus und alles ist geritzt. Wir rechnen dann hinterher ab, wenn wir den Burschen haben.«

»Alles klar! Danke – und besorg mir etwas in 'ner guten Gegend, hörst du? Das ist vielleicht meine letzte Gelegenheit. Ich brauch einen Top-Club. Auf mich war immer Verlass, sag das dem Boss da oben. Ich tue mein Bestes.«

Torino schreckte aus einem unruhigen Halbschlaf auf. Im Traum hatten ihn die Personen vom Tage verfolgt und nun waren sie nahezu gegenwärtig. Er sah auf die roten Leuchtziffern seines Weckers und stöhnte. Sein Kopf schmerzte, und als er ihn kreisend bewegte, kam er zu dem Schluss, dass es sich um eine Verspannung in der Halsgegend handeln musste. Mist, dachte er und stand auf. Erst im Bad knipste er das Licht an. Während er kaltes Wasser in sein Zahnputzglas laufen ließ, blickte er in den Spiegel. Was er sah, erschreckte ihn. Blass, mit tief liegenden Augen und hohlen Wangen sah ihm sein Spiegelbild entgegen und was er sah, war nicht das normale Gesicht, das sich einem nachts um drei bot. Es zeichneten sich vielmehr die Strapazen, der Stress, ja die ganze Hetze der vorangegangenen Wochen ab. Torino trank das Wasser und füllte sein Glas erneut. Nach Schmerztabletten zu suchen war sinnlos, er hatte keine. Auf dem Rand der Badewanne sitzend, stierte er auf den gefliesten Boden und dachte nach. Dabei machte er sich nichts vor. Egal, wie man es drehte und wendete: Er kam nicht weiter. Die Kiste war verfahren, und das war noch milde ausgedrückt. Genau genommen war er am Ende. Das ganze Elend voll erkennend, analysierte er seine Lage: Irgendwo in einem beschissenen Hotel, ohne Geld und dabei noch von Leuten gejagt – das war die Situation. Draußen wartete mindestens ein Aufpasser der Russen und irgendwann würden auch Scheibes Leute wieder vor der Tür sein. Einige kleinere Gläubiger und die Bank waren auch hinter ihm her – aber egal! Die waren nicht so eilig. Stefanie? Hatte eben Pech gehabt. Lehrgeld bezahlt, sozusagen. Unschöne Geschichte. Aber die Russen! Die Russen waren ein anderes Kaliber! Die würden kurzen Prozess machen, wenn es nicht nach ihrer Schnauze lief. Und da lag die eigentliche Gefahr: Was würde passieren, wenn auch ihr Geld verloren ging? Man konnte schließlich nicht immer Glück im

Spiel haben! Diese Liaison war also kreuzgefährlich – nur: Wie da wieder rauskommen? Wie den Kopf aus der Schlinge kriegen? Torino verzweifelte bei den Gedanken an seine Lage. Erneut, wie schon in den Tagen zuvor, ertrank er in Selbstvorwürfen und Selbstmitleid. Er wusste nicht, wie es weitergehen sollte. Wusste nicht, wie sich sein Leben gestalten sollte. Die Familie – kein Kontakt. Kein Zuhause, keine Freunde, keinen Halt – nichts. Gar nichts. Und vor allem: Es war auch keine Lösung in Sicht.

Torino stöhnte, so sehr pochte es in seinem Kopf. Was tun? Das war die Frage, die er sich immer wieder stellte. Was jetzt tun? Was, verdammt noch mal, jetzt tun?

Ich muss mich wehren, dachte er. Ich muss wieder unabhängig werden. Ich muss den anderen zeigen, dass ich nichts mit ihnen zu tun haben will. Und eine Erkenntnis stieg in ihm hoch: Ich muss meine Zähne zeigen, genau das ist es! Zähne zeigen! Wie früher.

Er richtete sich auf, und neue Kraft schoss in seinen Körper. Denen werde ich es zeigen, dachte er. Nicht mit mir! Sie glauben wohl, mit mir alles tun zu können, oder was? Sie wollen meine momentane Situation ausnutzen, so ist das! Aber nicht mit mir, nicht mit Damiano Torino! Wenn ein Tier sich bedroht fühlt, greift es in seiner Not auch an, so wie ich jetzt. Es geht nur um Verteidigung, nur um Selbstschutz. Torino war ein Gedanke gekommen: Er brauchte eine Waffe! Sie schien ihm die Lösung zu sein für sein Dilemma, mit ihr würde er sich seiner lästigen Verfolger und Erpresser entledigen. Dabei würde er niemals Gebrauch von ihr machen, das heißt: Niemals würde er schießen! Nur drohen würde er mit der Waffe, die eine Pistole sein würde. Angst sollten die anderen bekommen. Und Respekt empfinden. Diese Gedanken setzten sich in Torinos Kopf fest und sie beruhigten ihn. Sie gaben ihm seine Sicherheit zurück und es schien, als würde sogar der Druck in seinem Kopf etwas nachlassen.

Doch woher sollte er eine Pistole bekommen? Er konnte doch nicht so einfach in ein Waffengeschäft gehen und dort eine Pistole kaufen! Rüber nach Deutschland, dachte er. Rüber nach Hamburg. Dort gibt es mit Sicherheit so etwas zu kaufen, irgendwo schwarz auf dem Kiez. Was kostet so ein Ding überhaupt und wie stelle ich den Deal an? Egal, das wird die Situation zeigen. Aber so mache ich es! Nur zum Schutz …

Diese Gedanken beschäftigten Torino so stark, dass er nicht mehr zur Nachtruhe fand. Vielmehr machte sich bei ihm eine innere Unruhe breit. Ein Kribbeln, das ihn nach vorn trieb, ihn aktivierte. Augenblicklich ließen auch seine Schmerzen im Kopf nach. Er stand auf. Los, sagte er sich. Los jetzt, sofort. Mit wenigen Griffen hatte er seine Sachen gepackt und in seinen Lederkoffer gesteckt. Dann duschte er, und nur einige Minuten später stand er mit nassen Haaren und im Smoking vor der Lifttür. Er fuhr in das Erdgeschoss und betrat die Hotelhalle. Die Rezeption war zu dieser Zeit unbesetzt, und der Herr, der Nachtdienst hatte, saß in einem Nebenraum und sah fern. So bekam er nicht mit, wie Torino das Restaurant betrat und in dem dunklen Raum die Tür zur Küche suchte. Er spekulierte auf den Hinterausgang und tatsächlich fand er den Eingang für die Lieferanten. Der war natürlich verschlossen, aber der Schlüssel steckte von innen. Torino schlich im Schatten einer Mauer über den Hof und schlüpfte, nachdem er niemanden auf der Straße entdeckt hatte, durch ein Tor nach draußen. Die Aktion war eine Vorsichtsmaßnahme, die nicht nötig gewesen wäre, denn um diese Zeit schliefen selbst seine Bewacher. Doch Torino wollte auf Nummer sicher gehen und schnellstmöglich nach Hamburg zurück. Wie es dort weitergehen sollte, wusste er noch nicht, aber die Stadt gab ihm die Sicherheit der Anonymität. Irgendwie war sie seine Heimat geworden, und nun wollte er in ihr verschwinden.

Wie ein Dieb schlich er durch die Nacht, und erst als er um die Ecke bog und sich allein auf der Straße sah, wurde sein Schritt fester. Die Gegend war nicht gerade das Zentrum der Stadt und so waren Taxis hier äußerst rar. Torino blieb nichts anderes übrig, als zielstrebig auf eine der großen Straßen zuzugehen, auf der um diese Zeit wenigstens gelegentlich ein Taxi fuhr. Nach einiger Zeit hatte er Glück, und so kam er gegen drei Uhr am Bahnhof an. Sich immer wieder umsehend, betrat er das Gebäude. Aber seine Befürchtung, dass doch jemand seine Flucht aus dem Hotel bemerkt hatte, bestätigte sich nicht. Eine Flucht – genau, so sah er seine Abreise. Dass er die Hotelrechnung nicht bezahlt hatte, interessierte ihn im Augenblick nicht. Vor den möglichen Konsequenten hatte er keine Angst. Er hatte den Schlüssel in seinem Zimmer gelassen, und schließlich hatte er ja nichts gestohlen – also, was sollte es.

Er gönnte sich einen Kaffee, und das heiße Getränk ließ seine Stimmung steigen. Frei! Ich bin frei, dachte er. Verdammt, wie konnte das alles nur passieren? Wo kamen auf einmal all die Leute her? Das war doch früher nicht so. Er schüttelte sich. Aber das ist vorbei, denn jetzt bin ich wieder frei. Ich brauche nur etwas Startkapital, und dann bin ich wieder auf dem Parkett. Er stand auf und suchte auf der Anzeigetafel nach der nächsten Verbindung. Fünf Uhr siebenundvierzig – dann fährt ein ICE nach Hamburg! Und abends bin ich am Roulettetisch! Wenn der Scheißrusse vor dem Hotel wartet, bin ich längst dort. Bis der mitkriegt, wo ich mich aufhalte, bin ich auch schon wieder verschwunden. Vielleicht muss ich doch ins Ausland, in die Staaten oder so. Torino fasste in seine Tasche und holte einige zerknüllte Scheine hervor. Er strich sie glatt und zählte das Geld. Es reichte nicht annähernd für eine Fahrkarte, aber auch das machte ihm keine Sorgen. Er setzte auf seinen Charme und würde dem Schaffner von einer verlorenen Brieftasche und dem Verlust des Tickets erzählen und dann bereitwillig seine Personalien hinterlassen. Kein Problem also.

Sein Plan ging auf. Das zog sich übrigens wie ein roter Faden durch sein Leben – sein Plan ging immer auf. Das glaubte er jedenfalls, und irgendwie hatte er sich ja auch immer so durchgemogelt.

Am Ziel angekommen, checkte er in dem ihm vertrauten Hotel ein und wurde freundlich begrüßt. Man kannte ihn als netten und großzügigen Gast, und irgendwie fühlte sich Torino zu Hause. Dennoch konnte sein Auftreten nicht darüber hinwegtäuschen, dass ihm der Empfangschef besorgt hinterher sah. Gott, was ist denn mit dem passiert, dachte er verwundert, als er die Kleidung des Ankommenden betrachtete. Da war nichts mehr vom Glanz des Geldes, den Torino immer ausgestrahlt hatte. Die ungeputzten Schuhe und das ungepflegte Haar rundeten das Bild ab. Irgendetwas muss passiert sein, dachte er und rang mit sich, ob er den Gast darauf ansprechen sollte. Schließlich kannte man sich schon einige Zeit. Doch sofort verwarf er den Gedanken wieder. Was geht's mich an, sagte er sich. Bisher hat er immer gut bezahlt und bevor er sich auf den Schlips getreten fühlt und das Hotel wechselt, werde ich ihn nur beobachten. Es löst sich wahrscheinlich alles in Wohlgefallen auf, und ich habe nachher das Nachsehen. Aber trotzdem: Ein Auge bleibt offen.

Torino bestellte sich sein Essen aufs Zimmer und unterschrieb die Rechnung wie immer. Er hätte sie auch nicht bezahlen können und wollte, wie bei jedem seiner Aufenthalte, erst bei seiner Abreise den Gesamtbetrag begleichen. Das verschafft ihm finanziell etwas Luft und die brauchte er dringend. Die Sache mit der Pistole ging ihm nicht aus dem Kopf, aber dafür brauchte er Geld. Doch woher nehmen? Er hatte höchstens etwas Kleingeld für den Spielautomaten.

Draußen wurde es dunkel, und der Bezirk füllte sich mit Erlebnishungrigen. Überall öffneten Läden und Clubs ihre Türen, um das Geld hereinzulassen. Spaß und Vergnügen haben ihren Preis, und jeder wollte von dem Geld, das draußen in den Brieftaschen steckte, einen möglichst großen Teil abbekommen. Große Nobelkarossen parkten neben rostigen Fahrrädern, die, zum Schutz vor Diebstahl, irgendwann einmal an das Geländer angeschlossen worden waren. Jetzt hingen sie, ihrer Räder beraubt, verlassen in ihren Fesseln. Buntes Neonlicht warb blinkend um Gäste. Vor Bars stehende Animateure forderten potenzielle männliche Kunden auf, die Shows im Innern anzusehen, um sich zu unterhalten und sich zu amüsieren. Der Geruch von Pizza, Fischbrötchen und Döner vermischte sich mit dem Gestank der zahlreich vorbeifahrenden Autos. Im Leben gestrandete Menschen setzten sich vor Edeljuweliere und bettelten um ein paar Münzen. Gelegentlich unterhielt die Vorbeibummelnden ein Musiker aus Litauen, und die zahlreichen Damen des ältesten Gewerbes der Welt sprachen Männer aller Altersklassen an, um sie für ein paar Augenblicke der Straße zu entreißen.

Mitten in diesem Flair befand sich Torino. Bei den

Lichtverhältnissen machte er eine gute Figur, und die Damen beeilten sich, ihn für sich zu begeistern. Aber er winkte jedes Mal lachend ab und zwinkerte charmant zurück. Dabei war er voller Spannung. Die Mittellosigkeit, also die Flaute in seiner Geldbörse, machte ihn nervös. Und er hatte keine Ahnung, wie er zu Geld kommen sollte, und so bummelte er die Meile langsam auf und ab, auf irgendeinen Zufall oder ein Ereignis wartend, wie auch immer. Ihm war egal, was passieren würde, Hauptsache, es passierte überhaupt etwas.

Die Temperatur war mild, trotz der vorgerückten Stunde, und das machte sich auch in der Stimmung der Menschen auf der Straße bemerkbar. Sie war, schlichtweg gesagt, gut. Man hörte Lachen und Scherzen. Leichtigkeit lag in der Luft und Großzügigkeit. Selten, außer in der Weihnachtszeit, klimperte so viel Geld in den Büchsen und Mützen der Bettler. Die Bars und Clubs füllten sich, und die Barkeeper kamen kaum nach, bestellte Drinks zu mixen. Unzählige ausländische Touristen bevölkerten die Straße, gierig alle Eindrücke auf ihre Kameras speichernd. Extra wegen dieses Viertels angereist, waren auch sie in Geberlaune und nahmen alles scheinbar Verruchte mit, das sich anbot.

Es war eine Gruppe Japaner, die Torinos Interesse weckte. Vielleicht waren es aber auch Chinesen oder Koreaner, wer wusste das schon, Torino war es jedenfalls völlig egal. Und genau genommen waren es auch nicht die Menschen an sich, die ihn interessierten, sondern vielmehr ihre Kameras. Die offensichtlich hochwertigen Fotoapparate baumelten vor den Bäuchen oder pendelten an Handgelenken. Gelegentlich wurden sie sogar sorglos abgelegt, und hier sah Torino seine Chance. Also schlenderte er in einigem Abstand der Gruppe hinterher, blieb hier und da an einem Schaufenster stehen, kaufte sich an einem Stand ein Fischbrötchen und folgte den Besuchern. Deren Sorglosigkeit machte ihm immer mehr Mut, seine geplante Aktion durchzuziehen. Wie er es anstellen sollte, wusste er noch nicht. Er würde die passende Gelegenheit abwarten – und diese Gelegenheit musste einfach kommen! Ich brauchte das Geld, dachte er voller Verzweiflung. Shit, aber was soll ich denn machen? Tut mir ja leid, aber ich kann nicht anders! Ein paar Euro und ich kann wieder spielen. Dann hole ich mir die Pistole und halte mir damit jeden vom Hals, der mich wieder ausnutzen will. Und dann mache ich das, was ich kann: spielen und gewinnen! Ich komme wieder hoch, das weiß ich!

Die Gruppe blieb lachend vor dem bekannten Club »Ritze« stehen. Die Bemalung der Eingangstür dort verursachte bei ihnen ein amüsiertes Kopfschütteln. und so nahmen sie das Motiv gern als Krönung ihrer Fotosafari. Jeder wollte einzeln vor dem Tor abgebildet werden und so machten die Kameras die Runde. Hier sah Torino seine Chance. Sich nahezu als Fotograf anbietend, suchte er die Nähe der fremden Männer. Diese hatten sich nun in kleinen Gruppen vor dem Club positioniert, und vorbeigehende Passanten mussten einen Bogen schlagen, um nicht ins Bild zu laufen. Einige blieben sogar stehen und beobachteten ihrerseits die Gäste aus Übersee. Das alles verlief locker und entspannt, und selbst der Türsteher davor, der ab und zu einen Schluck Jägermeister aus seinem Colabecher nahm, ließ sich zu einem breiten Lächeln auf dem sonst finsteren Gesicht hinreißen. Als sich die Gruppe dann zu einem gemeinsamen Foto aufstellte, gingen die Apparate von Hand zu Hand, und dabei wurden auch wildfremde Menschen gebeten, auf den Auslöser zu drücken. Ein Hin und Her begann, und als Torino lachend nach einer ihm gereichten Kamera griff, erschütterte ein Schrei die Szene.

»Das ist er! Das ist der Gauner! Hilfe! Halten Sie ihn fest, er hat mein Geld! Der Kerl hat mich betrogen!« Es war Stefania, die so schrie. Auch ihr war die Gruppe Ausländer aufgefallen, die ihr auf ihrem Weg zur Arbeit im Weg stand. Aus den Augenwinkeln war ihr ein Mann aufgefallen, der ihr irgendwie bekannt vorkam. Torino! Sie konnte nicht denken und starrte ihn irritiert an. Das ist er, hatte sie sofort gewusst, als sie genau hinsah. Und die Schreie, die sie da ausstieß, die Sätze, kamen so spontan, dass sie sich deren Folge nicht bewusst war. Zu plötzlich war das Aufeinandertreffen.

Torino fuhr herum. Irgendwie hatte er das Gefühl, dass *er* mit den Rufen gemeint war, und da sah er sie. Und er erkannte sie sofort. Steffi! Nein, nicht auch das noch! Was macht denn Steffi hier? Torino war plötzlich wie ein gehetztes Tier. Er zog den Kopf ein und spannte seine Muskeln. Weg hier! Flucht! Er ließ die Kamera fallen und verspürte in diesem Augenblick einen harten Griff auf seiner Schulter. Der Türsteher der »Ritze« hatte die Situation schnell erfasst und mischte sich nun ein. Doch Damiano drehte sich um eine viertel Drehung, ließ seinen Ellenbogen herausschnellen und rammte ihm dem Mann seitlich in die Lebergegend. Dann schlug er seinen im rechten Winkel befindlichen Arm nach oben und knallte die Faust ins Gesicht des hinter ihm Wankenden. Wie ein Stein sackte der Mann hinter ihm weg. Er fiel auf die Straße und ein metallisches Klappern begleitete den Aufprall. Torino sah hin und glaubte seinen Augen nicht zu trauen: Vor ihm lag eine Pistole. Sie war dem Türsteher aus der Innentasche gefallen und lag nun auf dem Gehweg.

Die Umherstehenden wichen erschrocken einige Schritte zurück, und im Nu war die lockere und lustige Stimmung umgeschlagen in eine gefährliche Situation. Selbst Stefania war verstummt, als Torino die Waffe aufhob. Die Wucht, mit dem er den bulligen Mannes niedergeschlagen hatte, sein Blick und seine Haltung drückten Entschlossenheit aus. Das alles hatte nur Sekunden gedauert, als die ersten Kameras schon wieder in Augenhöhe gehoben wurden. Torino drehte sich mit der Waffe in der Hand einmal um seine eigene Achse. Die Passanten stoben auseinander, und Torino konnte fliehen. Die Pistole fest umklammernd, steckte er seinen halben Arm unter das Sakko und lief im Zickzackkurs den Bürgersteig entlang. Einige hundert Meter weiter wurde er langsamer und nahm sich die Zeit, sich umzudrehen. Doch niemand war ihm gefolgt. In dem Gewühl und der Geräuschkulisse ringsherum war die Situation vor der »Ritze« einige Meter entfernt schon nicht mehr wahrgenommen worden. Torino atmete tief durch und zwang sich zur Ruhe. Nur nicht durchdrehen, dachte er sich. Jetzt nur keine Scheiße bauen. Er wechselte die Straßenseite, ging durch enger werdende Gassen und verließ so das Viertel. Sich immer wieder umdrehend und nach Verfolgern suchend, hetzte er durch die Straßen. Völlig durchgeschwitzt und zitternd kam er in seinem Hotel an, warf sich, so wie er war, aufs Bett und schlief vor Erschöpfung sofort ein.

Am darauffolgenden Tag verließ er sein Hotel nicht. Er ließ sich etwas zu essen auf sein Zimmer bringen und wartete darauf, dass etwas geschehen würde. Hinter der Gardine lauernd, beobachtete er die Straße. Seit er auf Steffi hier traf wusste er, dass er entdeckt war … und dass man ihn holen würde.

Da sah er sie kommen. Wie aus Löchern gekrochenes Ungeziefer sah er die Männer aus verschiedenen Richtungen auf das Hotel zustreben. Scheibes Gorillas. Vitali und zwei weitere, in schwarze Mäntel gekleidete Männer. Er wusste sofort, dass dies das Ende sein würde. Kraftlos, keiner Reaktion fähig, war er bereit aufzugeben. Aus. Vorbei. An Flucht zu denken, war für ihn nicht mehr möglich. Am Fenster stehend sah er auf die drohende Gefahr. Seinen Plan, sich zu wehren und mit der Waffe seine Verfolger abzuschütteln, hatte er in der Nacht längst aufgegeben. Wozu, hatte er sich gefragt. Um dann für den Rest seines Lebens im Knast zu landen? Wem wäre dann geholfen? So oder so: Er hatte verloren. Torino sah die Pistole auf seinem Bett. Plötzlich lächelte er. Ich spiele mein letztes Spiel, dachte er, und seine Gedanken waren auf einmal ganz klar. Die Leere in seinem Kopf, die sich noch am Vorabend in ihm breitgemacht hatte, war verschwunden. Vitali, du Dummkopf, dachte er, spielen wir ein Spiel aus deinem Land. Du kennst es bestimmt: Es ist *russisches* Roulette! Roulette einmal anders, warum nicht? Der Gedanke amüsierte ihn direkt. Auch der Einsatz gefiel ihm. Und er war ihm nicht zu hoch. Sein Leben würde er setzen. Das heißt: das bisschen Leben, das er noch hatte. Bei seinen Spielen hatte er weiß Gott schon mehr gesetzt, als sein erbärmliches Dasein es jetzt wert war … Man kann durchaus mehr verlieren als das Leben hier auf Erden. Das war seine Erkenntnis, und die ließ ihn euphorisch werden. Ob es da oben auch Kasinos gibt? Oder sind es Erfindungen des Teufels?, fragte er in sich lächelnd. Dann hörte er das Dröhnen der Motoren und sah einen Moment später den Konvoi aus Motorrädern. Steffi – schoss es durch seinen Kopf. Da sind ja auch Steffis Leute. Dass Max und seine Brüder ihn beschützen wollten, konnte er nicht wissen.

Auch sie hatten die Konkurrenz gesehen und stellten ihre Harleys vor den Hoteleingang. Ein Wall aus Stahl machte unmissverständlich deutlich, dass niemand hier durchkommen würde. Dann bildeten die

Rocker mit verschränkten Armen eine Mauer. Nur David schlüpfte durch die Tür, um zu Torinos Zimmer zu gelangen. Er trug noch immer einen Anzug und war immer noch in der Rolle eines Schülers. Er war ihm vertraut. Er musste mit Torino sprechen und ihn zum Mitkommen überreden. Nur so konnte er ihm helfen und auch das Geld retten – Geld, das Torino schon lange nicht mehr hatte.

Draußen standen sich die verschiedenen Gruppen gegenüber. Die »Black Spiders« waren zwar in der Überzahl, aber auch mit weniger Männern wären sie nicht gewichen. Scheibes Leute schauten nur grimmig, und von den Russen war es Igor, der versuchte, in das Haus zu gelangen.

»Stopp! Wir haben geschlossen!« Jörg, Rocker der alten Schule, der seine Maschine noch antreten musste und dessen Zopf bis auf seinen Gürtel reichte, schüttelte den Kopf. »Hier kommt im Augenblick niemand rein.«

»Was? Hast du Haus gemietet oder was? Ich muss arbeiten hier!«

»Da machst du jetzt halt mal eine Pause«, antwortete Jörg ruhig.

Der Russe vermutete, dass die Gruppe ebenfalls hinter Torino her war; und versuchte es erneut: »Teilen wir Arbeit, machen Halb und Halb: Was sagst du? Holen junges Mann raus!«

Scheibes Leute traten heran, und einen Augenblick schien es, als würde die Situation eskalieren.

»Zurück!«, forderte nun Max die Fremden scharf auf.

»Habt ihr nicht gehört? Zieht ab, hier gibt es für euch nichts zu holen. Also: Abmarsch!«

Mürrisch traten die Männer zurück. Es nervte sie, so behandelt zu werden, aber sie wussten genau, dass sie gegen die Rocker im Ernstfall keine Chance haben würden. Und sie sahen auch nicht die Notwendigkeit, sich wirklich durchsetzen zu wollen. Heute ihr, morgen wir. Das war ihre Devise, und so wollten sie abwarten, bis Torino wieder greifbar war.

»Kommt, wir hauen ab.« Die Riesen drehten sich um. »Den Typen kriegen wir sowieso, also was soll's! Ums Bezahlen kommt der eh nicht herum.«

Max grinste. »Wenn du dich mal nicht irrst! Das ist mein Freund da drinnen, und damit steht er unter meinem Schutz. Schönen Tag noch …« Er grüßte mit dem Kopf nickend in Richtung der Davonziehenden. »Geldeintreiber – wer die wohl geschickt hat? Junge, Junge, der hat wohl noch mehr Leute angeschissen außer Steffi. Na ja, bringen wir das verirrte Schäfchen erst mal zu uns in den Stall, und dann sehen wir weiter.«

Torino hatte sich in den Sessel gesetzt. Er war völlig ruhig, sich seines Vorhabens total bewusst und verspürte keine Emotionen. Er war nicht enttäuscht, kein Hass war in ihm und auch kein Gram. Keine Vorwürfe gegen irgendwen und keine Angst. Vielmehr verspürte er eine tiefe innerliche Ruhe. Und er begann sich die Frage nach dem Danach zu stellen. Der oft zitierte Gang durch den Tunnel, das Licht, das Paradies – gibt es das alles? Engel und Gott – werde ich sie treffen? Glück und Zufriedenheit: Werde ich es jetzt erleben? Oder bin ich einfach nur tot? Verspüre nichts mehr, nachdem das Herz aufgehört hat zu schlagen? Werde ich begraben und dann ist alles aus? Torino zuckte unbewusst mit den Schultern. Na und? Dann ist es eben so, und ich werde gar nichts mehr erleben. Sogar nicht mal den Tod. Also ist die Lage eigentlich doch super: Ich habe nichts mehr zu *verlieren*, sondern kann alles *gewinnen*!

Er nahm die Pistole liebevoll in die Hand und besah sie sich von allen Seiten. Sie war sein Freund und Kamerad in seiner letzten Stunde. Sie war auf seiner Seite. Sie würde ihm helfen. Die Kugel aus ihr würde ihn befreien. Wieder ist es eine Kugel, dachte er, die mein Leben beeinflusst. Das Material ist dabei egal. Ob Elfenbein oder Blei – es ist eine *Kugel*. Und damit schließt sich der Kreis. Er streichelte den Lauf und roch das Öl, und irgendwie ging von ihr eine nie gekannte Erotik aus. Torino tastete mit seinen Fingern die Rundungen und Kanten ab, drehte die Waffe in der Hand und ließ das Magazin herausgleiten. Er sah das Grau an der Spitze der Munition und strich mit seinem Daumen über die Wölbung. Ich hätte mir schon längst eine Waffe besorgen müssen, dachte er entzückt. Wir hätten schon lange ein Paar sein können, aber es ist schön, dass du mich jetzt begleitest. Mit einem schnellen Griff schob er das Magazin zurück in den Griff und zog den Schlitten zurück, um die Feder zu spannen. Dann legte er den Sicherungsflügel herum. Ein roter Punkt zeigte ihm an, dass die Waffe bereit für ihn war. Bereit für das letzte Spiel. Gleich wird es keinen Damiano Torino mehr geben, dachte er. Ich bin anonym in die Großstadt gekommen und werde die Stadt auf dem gleichen Weg wieder verlassen. Und das ist gut so!

Er nahm die Pistole in die rechte Hand. Doch er steckte nicht den Zeigefinger an den Abzug, sondern seinen Daumen. So richtete sich die Waffe direkt auf ihn. Dann streckte er den Arm so weit es ging nach vorn und sah in die schwarze Mündung. Das Geschoss konnte ihn nicht verfehlen, sie hatten schließlich eine Abmachung. Er schloss die Augen für eine Sekunde, aber dann öffnete er sie wieder. Das ist nicht fair, dachte er. Das ist wie Weglaufen. So geht das nicht. Die Kugel rollt, das Spiel läuft, kein Umsetzen mehr. Augen auf! Er drückte ab.

David war mit dem Fahrstuhl in Torinos Etage gefahren, nachdem er sich an der Rezeption nach dessen Zimmernummer erkundigt hatte. Er verließ gerade den Lift, als er den Schuss hörte. Er wusste sofort, dass er aus Torinos Zimmer kam und drückte sich an die Wand. Aber niemand kam auf den Flur hinaus. Vorsichtig schob er sich immer dichter an die Zimmertür heran. Dort angekommen, legte er sein Ohr an das Holz, konnte aber nichts hören. Es gab keine Klinke, sondern nur einen Knauf. Die Tür war mit einem elektronischen Kartenschloss gesichert, sodass er nicht in das Zimmer gelangen konnte. Als er sich dagegen lehnte, spürte er, dass er nicht allein war, und sah sich blitzschnell um. Durch die leicht geöffnete Tür des schräg gegenüberliegenden Zimmers sah er ein Gesicht im Spalt. Mit einem Satz sprang David auf die Tür zu und stieß sie auf. Die Frau dahinter fiel rücklings auf den Boden und zitterte vor Angst, als er sich über sie beugte. Sie hielt ihm ihre Arme als Abwehr entgegengestreckt und konnte keinen Ton herausbringen. Die Kleidung verriet ihre Tätigkeit, und David war sofort im Bilde.

»Polizei!«, sagte er schroff. »Sie sind hier das Zimmermädchen? Öffnen Sie sofort das Zimmer von Herrn Torino.« Er umfasste ihr Handgelenk und zog die vor Angst bebende Frau nach oben. Das alles hatte nur Sekunden gedauert und noch immer war der Flur menschenleer. »Öffnen!«, befahl David erneut und schob die junge Frau wie eine Geisel vor sich her.

»War das ein Pistolenschuss?«, wagte sie vorsichtig und mit polnischem Akzent eine Frage.

»Das werden wir gleich wissen. Beeilung, vielleicht kann ich noch etwas tun!«

Die Frau entnahm ihrer Schürzentasche eine Universalsteckkarte und reichte sie an den vermeintlichen Polizisten.

»Öffnen Sie schon und treten Sie dann zurück«, befahl David. Nach nur einem Schuss vermutete er den Selbstmord in Torinos Zimmer. Das Zimmermädchen steckte mit zitternden Händen die Karte in den Schlitz und die Tür entriegelte sich.

»Danke, Sie können gehen«, sagte David.

Erleichtert, nicht mit in das Zimmer kommen zu müssen, drehte sich die Frau um und verschwand wieder im gegenüberliegenden Appartement. Sie hatte keine Arbeitserlaubnis und wollte nichts mit der Polizei zu tun haben.

David indes stieß die Tür mit seinem Fuß weit auf. Vom Flur aus konnte er allerdings noch nichts sehen, und so war er gezwungen, das Zimmer zu betreten. Am Bad vorbei und mit größter Vorsicht ging er auf den nächsten Raum zu.

Da sah er ihn. Das heißt, er sah ein Bild und konnte nicht fassen, was er da sah. Zu unglaublich, zu unwirklich stellte sich die Situation dar. Und doch kam die Realität in sein Bewusstsein und ließ ihn erschaudern. Er schloss die Augen und riss sie gleich wieder auf, aber das Bild blieb. Da wandte er sich ab. Übelkeit schoss in ihm hoch und setzte sich in seinem Hals fest. Er musste würgen und riss den Blick von dem Toten los. Weg, dachte er. Bloß weg hier. Hier wimmelt es bald von Bullen, und dann ist es nicht gut, neben einer Leiche in einem Hotelzimmer zu stehen. Außerdem musste er seine Brüder draußen vor der Tür warnen. Hier war nichts mehr zu holen, also war der Aufenthalt hier nicht mehr nötig. Weg hier. Der Druck im Hals ließ nach, und David stürmte zu den Aufzügen.

Inzwischen war man im Hotel auf das Geräusch des Schusses aufmerksam geworden und nach anfänglicher Unsicherheit und Ratlosigkeit begab sich die Hotelleitung auf die verschiedenen Etagen, um der Sache nachzugehen. David entkam ungesehen. Er wollte nur noch raus und hatte einen einzigen Gedanken: Jack Daniels, der Freund aus der eckigen Flasche, musste ihn erlösen von dem Bild in seinem Kopf. Und wenn eine Flasche Whisky nicht reicht, würde es eben noch eine Flasche mehr geben …

Als die Beamten der Hamburger Mordkommission das Hotelzimmer betraten, bot sich ihnen ein grauenhaftes Bild. Sie hatten schon so manchen Tatort besichtigt, aber was sie hier vorfanden, übertraf alles bisher Gesehene.

Die Wucht des großkalibrigen Geschosses hatte das komplette Gesicht vernichtet. Es war einfach nichts mehr da, lediglich die Kinnpartie steckte noch in den Gelenken. Die am Hinterkopf ausgetretene Kugel hatte ein riesiges Loch gerissen, und mit Grausen entdeckte Kriminalhauptkommissar Hellwich, dass er tatsächlich durch die Masse toten Fleisches, die einmal das Haupt eines Menschen war, hindurchschauen konnte.

»Warum bloß?«, fragte er, ungläubig seinen Kopf schüttelnd. »Gab es denn keine andere Lösung mehr?« Er hielt Torino's Ausweis in der Hand. »Also, polizeibekannt war er nicht! In welchen Geschichten war der wohl verwickelt? Und warum war er so verzweifelt? Das ist doch hier Vernichtung pur! Der wollte nicht einfach so von dieser Welt gehen, sondern er wollte spektakulär sterben. Das ist hier eine Hinrichtung seiner selbst, verstehst du? Hat er sich selbst gehasst und keinen anderen Weg mehr gesehen? Das hier …«, er deutete auf die Leiche, »… ist seine letzte Botschaft. Ein Selbstmörder, der sich auf diese Art und Weise tötet, will damit etwas ausdrücken. Aber was?«

»Lass uns raus hier! Deine Philosophien kannst du mir auch im Büro mitteilen.« Both, der zweite Beamte, drängte nach draußen. Auch er war ein erfahrener Polizist, aber auch er hatte solch eine grausig verstümmelte Leiche noch nie gesehen. Während er das Hotelzimmer verließ, öffnete Hellwich seinen Koffer und entnahm ihm ein Leintuch. Er faltete es akribisch auseinander und bedeckte damit den Kopf des Toten. Er sah sich um. Die Waffe steckte noch in Torinos Hand. Durch die ungewöhnliche Art, die Pistole auf sich zu richten, war sie am Daumen hängen geblieben und bewies so die Selbsttötung. Der schwarze Anzug war nahezu unbefleckt, nur der Kragen des Hemdes war rot durchtränkt. Und die Wand. Scheiße, Scheiße, dachte Hellwich. Es wird verdammt schwer sein, hinter sein Geheimnis zu kommen. Wenn wir keinen Abschiedsbrief oder ähnliche Hinweise finden, wartet ein schönes Stück Arbeit auf uns.

Er sah auf den Tisch. Die Zeitung, die darauf lag, war ebenfalls mit Blutspritzern bedeckt. Ein großes Foto und eine Schlagzeile sprangen ihn an, und mit zwei Fingern rückte Hellwich das Blatt so zurecht, dass er den Artikel lesen konnte:

»Ribnitz-Damgarten – In den frühen Morgenstunden fand eine Joggerin eine männliche Leiche und daneben eine offenbar geistig verwirrte Frau am Strand von Prerow. Nach vorläufigen Erkenntnissen der Polizei handelt es sich bei der Frau um die Malerin Ulrike M. aus Berlin. Sie weilt seit einigen Wochen bei einer Bekannten zur Erholung in dem beliebten Urlaubsort. Bei dem Toten fand man einen Ausweis, der ihn als Uwe P. auswies. Offenbar hatte der Mann Ulrike M. aufgelauert, um sie sexuell zu missbrauchen. Darauf weisen zahlreiche Spuren hin. Neben dem Toten lag ein mit Blut verschmierter Stein, mit dem sich die Frau gewehrt haben muss. Eine Befragung durch die Polizei ist zurzeit nicht möglich. Wie ein Sprecher der Klinik mitteilte, besteht bei Ulrike M. ein äußerst schweres Trauma, die Heilungschancen sind momentan als gering einzuschätzen. Die Ermittlungen der Polizei dauern an.«

Hellwich wandte sich ab und warf einen letzten Blick auf Torino. Was ist bloß los auf dieser Welt, fragte er sich. Wie kaputt ist die Menschheit? Es gibt einfach zu viel Elend, zu viele zerstörte Seelen …

Acht Wochen später erschien in der Presse ein weiterer Artikel:

»Ribnitz-Damgarten – Wie die Polizeibehörde mitteilt, wurde die Ermittlung im Fall Ulrike M. abgeschlossen. Die Untersuchungen ergaben, dass es sich bei dem Toten um den Polizisten Uwe P. aus T. handelt. Dieser hatte schon früher der jungen Frau nachgestellt und sie belästigt. Er war der bislang unbekannte Stalker, der nach Zeugenaussagen massiv in das Privatleben von Ulrike M. eindrang. Dabei nutzte er seine Position als Polizeibeamter aus und erschlich sich deren Vertrauen. Als Frau M. nach Prerow zu einer Bekannten zog, folgte ihr Uwe P. und setzte seine Angriffe auf sie fort. Nachdem er ihr am Tattag morgens am Strand auflauerte, überfiel er die Frau und missbrauchte sie sexuell. Dabei kam es zum Kampf, in dessen Folge es zu der Notwehr kam. Wie nach ersten Untersuchungen vermutet, wurde dabei Uwe P. von Ulrike M. mit einem Stein erschlagen. Gegen Ulrike M. wird nicht weiter ermittelt. Lesen Sie dazu auch unseren Seite-1-Artikel: ›Der Stalker – Augen am Fenster‹.«

Nur wenige Kilometer weiter wurden die Chips gesetzt, rollte die Kugel, Hoffnung und Gier auslösend, und immer wieder erklang das altbekannte »Rien ne va plus … Bitte zu setzen. Nichts geht mehr …«

Ende

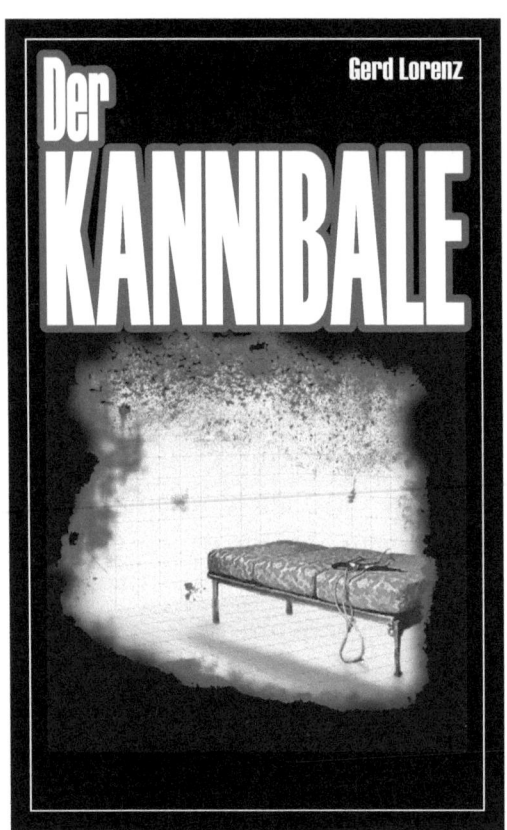

Gerd Lorenz
Der Kannibale

Kriminalroman
Seiten 140, Euro 12,95
ISBN 3-8334-4385-5

Jack Russel ist chamant und gebildet. Er trägt mit Vorlie-
be Anzug und Krawatte, seinen Job als Abteilungsleiter eines Call Centers erledigt er tadellos. Er liebt junge Männer, aber das ist schon lange nichts anrüchiges mehr. Jack
Russel ist also ein angenehmer Zeitgenosse. Auf den ersten
Blick …

Gerd Lorenz
Der Stalker

Kriminalroman
Seiten 140, Euro 9,95
ISBN 3-8334-5283-8

Gerd Lorenz legt nach seinem erfolgreichen Erstling Der Kannibale den zweiten Krimi vor: Die attraktive Malerin Ulrike Manthei lebt allein in einem alten Fischerhaus am Meer. Kleine Aufmerksamkeiten eines Unbekannten belächelt sie anfänglich, doch dann geschehen unheimliche Dinge, die schließlich in einer Katastrophe enden …